04

Séduction méditerranéenne

JULIA JAMES

Séduction méditerranéenne

Traduction française de
FRÉDÉRIQUE LALLEMENT

Azur

HARLEQUIN

Collection : Azur

Titre original :
BILLIONAIRE'S MEDITERRANEEN PROPOSAL

HARPERCOLLINS FRANCE
83-85, boulevard Vincent-Auriol, 75646 PARIS CEDEX 13
Service Lectrices — Tél. : 01 45 82 47 47

www.harlequin.fr

ISBN 978-2-2804-3593-2 — ISSN 0993-4448

1.

Après le défilé, Tara déambulait dans la salle de réception d'un hôtel prestigieux de Londres en compagnie des autres mannequins afin de permettre aux clients privilégiés d'observer de près leurs tenues.

Autour d'elle, la pièce grouillait de femmes de la haute société, buvant du champagne et examinant les robes qu'elles souhaitaient commander. Leurs maris, eux, semblaient plus intéressés par le somptueux buffet devant lequel la plupart s'étaient rassemblés pour discuter en attendant que leurs épouses aient fait leur choix.

En voyant la nourriture présentée, Tara sentit son estomac gargouiller, mais elle s'efforça d'oublier sa faim. Dans ce métier, ne pas garder la ligne signifiait la fin d'une carrière, ce qu'elle ne pouvait pas se permettre. Du moins pour le moment car son rêve était d'abandonner ce travail pour aller vivre à la campagne, au cœur du Dorset, dans le cottage qui lui appartenait depuis le décès de ses grands-parents.

C'était le seul foyer qu'elle ait vraiment eu car ses parents, tous deux militaires, l'avaient mise en pension dès l'âge de huit ans. Pendant toute sa scolarité ; elle ne les avait donc vus que lors des vacances, essentiellement passées chez ses grands-parents où ils la rejoignaient pendant leurs permissions.

À présent, son seul but était d'amasser assez d'argent afin de rénover le cottage et s'y installer au plus tôt. Comme il lui manquait encore dix mille livres sterling pour le faire, elle acceptait toutes les missions que lui proposait son agence. Si être mannequin avait été très excitant au début, elle s'était vite lassée du fait d'être toujours en représentation et, surtout, des attentions que lui valait sa profession de la part d'hommes plus intéressés par son allure que par sa personnalité.

L'exemple parfait en était Jules aux yeux de qui elle n'avait été qu'une femme trophée à exhiber pour impressionner ses amis. Depuis cette malencontreuse expérience, sa naïveté avait laissé place à une grande lucidité et elle fuyait les relations superficielles.

Tout en continuant à évoluer parmi les invités, dos droit, tête haute et regard blasé de rigueur, Tara se demandait dans combien de temps elle pourrait s'éclipser.

Au fur et à mesure que le temps passait, l'humeur de Marc Derenz empirait. Il n'avait pu refuser l'offre de Hans Neuberger de se joindre à lui et à sa femme, Celine, tous deux de passage à Londres, pour assister à un défilé privé suivi de ce cocktail.

Ami de longue date de son père, l'homme d'affaires allemand avait toujours été une personne importante de sa vie. Sa présence avait même été cruciale au moment du décès de ses parents lors d'un accident d'hélicoptère survenu presque dix ans auparavant. Marc, alors âgé de vingt-trois ans, avait apprécié son soutien moral, ainsi que ses conseils lorsqu'il avait dû assumer la place de son père à la tête de la Banque Derenz.

Si la compagnie de Hans lui était toujours agréable, il lui devenait de plus en plus pénible de côtoyer

Celine. Surtout depuis que celle-ci avait eu l'audace de lui confier qu'elle trouvait son riche mari terne et affreusement ennuyeux avant de commencer à lui faire des avances de moins en moins subtiles.

Il ne cessait de se demander comment faisait Hans pour ne pas se rendre compte que cette femme, épousée dix-huit mois plus tôt peu après la mort de la première Mme Neuberger, était une personne vénale, dénuée du moindre scrupule.

En cet instant même, elle lui lançait des regards si gourmands qu'il sentit une sourde rage monter en lui. S'il s'était agi d'une autre, il se serait fait un réel plaisir de la décourager à jamais en quelques mots bien sentis ! Marc avait en effet appris à être impitoyable avec les demoiselles si visiblement intéressées par son statut social et surtout financier.

Seul héritier de la fortune familiale, il était habitué à être couvert d'attentions, mais il était devenu particulièrement méfiant après une douloureuse mésaventure. Depuis, il était décidé à suivre le conseil de son père : ne prendre pour maîtresse, ou plus tard pour épouse, que des femmes issues de son milieu et ayant des revenus personnels équivalents aux siens. La mère de Marc était d'ailleurs elle-même l'héritière d'une grande famille.

Tout en écoutant d'une oreille distraite Hans lui parler de l'évolution de sa société d'ingénierie, il cherchait quel prétexte invoquer pour leur fausser compagnie lorsque Celine interrompit son mari, une lueur triomphante dans les yeux.

— Puisque mon cher époux ne t'a encore rien dit, à moi de t'annoncer la nouvelle : Hans m'a promis d'acheter une villa sur la Côte d'Azur ! N'est-ce pas merveilleux ?

— En effet, répondit Marc tout en dissimulant son

angoisse à l'idée de savoir cette opportuniste bientôt encore plus présente dans sa vie.

Il ne se débarrasserait donc jamais d'elle !

— Aussi, j'ai eu une idée formidable. Étant donné que tu connais parfaitement la région, nous pourrions nous installer dans ta superbe résidence du Cap Pierre et bénéficier ainsi de ton aide pour chercher la maison de nos rêves. Tu es d'accord, n'est-ce pas ?

— Bien sûr.

Que répondre d'autre ? Marc se souvint aussitôt du temps où ses parents étaient encore en vie. Hans et sa première femme étaient alors souvent invités à la villa Derenz. Leur fils Bernhardt et lui s'entendaient à la perfection et passaient des vacances idylliques, profitant de la piscine de la propriété ou faisant de longues sorties en bateau au large des côtes rocheuses du Cap Pierre.

Il éprouva aussitôt une grande nostalgie pour cette époque heureuse et insouciante. À présent, Celine allait venir polluer son atmosphère jusque chez lui où la tenir à distance relèverait du défi !

— As-tu enfin choisi une robe ? demanda Hans à sa femme tout en jetant un coup d'œil à sa montre.

— Non, mon chéri, j'hésite encore, mais si tu ne souhaites pas rester et que tu préfères rentrer te reposer après ta journée de travail, je le comprends. Marc pourra certainement me raccompagner à notre hôtel.

Hans se tourna aussitôt vers son ami.

— Si cela ne te dérange pas, ce serait vraiment gentil. Je vois que l'heure tourne et je dois appeler Bernhardt à propos de l'ordre du jour de la réunion de demain.

Pris au piège, Marc ne put qu'acquiescer.

À peine son mari parti, Celine se tourna vers lui, un sourire charmeur aux lèvres :

— À ton avis, laquelle de ces robes m'irait le mieux ?

Décidé à en finir au plus vite, il jetait un coup d'œil alentour à la recherche du mannequin le plus proche lorsque son regard s'arrêta sur une jeune femme. Grande et très mince, ce qui était normal dans son métier, elle se distinguait des autres par son port de tête, son cou gracile et son profil parfait mis en valeur par ses cheveux châtains aux reflets auburn relevés en un chignon flou.

Comment avait-il fait pour ne pas la remarquer plus tôt ? Il se rappela alors avoir été si occupé à envoyer des e-mails depuis son téléphone qu'il n'avait pas prêté attention au défilé. Ensuite, il avait discuté avec Hans.

À cet instant, elle tourna la tête. Son visage était d'une beauté stupéfiante avec des pommettes hautes, des yeux d'un vert clair extrêmement lumineux, et une bouche pulpeuse. Marc sentit aussitôt son corps réagir. Avant même d'avoir pris conscience de son geste, il leva une main pour lui faire signe de venir le rejoindre.

Tandis qu'il la regardait s'avancer vers lui, incapable d'en détacher le regard, ses pensées prirent une tournure inhabituelle.

D'accord, c'était un mannequin, donc elle n'était probablement pas issue du milieu privilégié indispensable à ses yeux pour devenir une maîtresse potentielle, mais il pourrait faire une exception…

Lorsqu'elle arriva devant lui, il scruta son visage sans la moindre honte jusqu'à ce qu'il remarque une lueur de mécontentement dans ses yeux. De toute évidence, elle n'appréciait pas d'être examinée de la sorte. *Bon sang, attirer l'attention fait pourtant partie de son métier !* songea-t-il, un tantinet vexé par son attitude avant de prendre conscience que l'intérêt qu'il lui portait n'était pas approprié dans la mesure où ce n'était pas sa tenue qui l'éveillait, mais son exceptionnelle beauté.

Or il ne l'avait pas fait venir pour la séduire, mieux valait s'en souvenir ! Le plus important en cet instant étant de trouver une robe à Celine afin de la ramener au plus vite à son hôtel, il se tourna vers cette dernière.

— Que penses-tu de celle-ci ?

— Hum…, répondit-elle d'un air dubitatif. La couleur est trop sombre pour mon teint.

Comme elle congédiait la jeune femme d'un geste de la main, Marc s'interposa :

— Attendez, s'il vous plaît. Pourriez-vous tourner sur vous-même ?

Un éclair contrarié assombrit à nouveau les yeux du mannequin avant qu'elle ne s'exécute. Marc en profita pour l'observer tout à loisir. Le fourreau bordeaux épousait ses formes parfaites, le riche grenat mordoré de la soie faisait ressortir la blancheur d'albâtre de sa peau et un décolleté plongeant à l'arrière lui donna envie de lui poser les mains dans le dos, mais, déjà, elle revenait face à lui et son expression était cette fois carrément hostile.

Pourquoi me toise-t-elle de la sorte ? songea-t-il, soudain énervé. D'ordinaire, les femmes étaient flattées de retenir son attention et son problème était de les garder à distance car, en plus de sa fortune, la nature l'avait doté d'un physique attrayant.

Il soutint son regard un instant et crut y voir passer une lueur différente, mais Celine intervint alors d'un ton irrité tout en signifiant à nouveau au mannequin de partir.

— Inutile d'insister, mon chéri, je n'aime pas du tout cette robe.

Marc suivi des yeux la jeune femme qui s'éloignait à travers la foule, songeur. Sa beauté ayant eu le pouvoir d'atténuer sa mauvaise humeur, il aurait volontiers poursuivi la soirée en sa compagnie. Quel dommage qu'elle ne soit pas de son monde…

Tandis qu'elle traversait la pièce aussi vite que le lui permettait la bienséance, Tara sentait son cœur battre à tout rompre. Le rapide échange de regard avec l'inconnu l'avait troublée. Tout d'abord, son geste péremptoire pour lui demander d'approcher lui avait déplu. Ni un sourire ni même un « Bonsoir, mademoiselle ». Sa richesse le plaçait-elle au-dessus du commun des mortels pour lui faire oublier la politesse de base ?

Pourtant, son physique l'avait d'emblée frappée. Plus grand qu'elle, il devait mesurer un mètre quatre-vingt-dix, des cheveux courts d'un noir profond et brillant, un visage viril au nez droit et à la mâchoire volontaire, et un regard de braise. Il était tout à la fois impressionnant et remarquablement séduisant.

Lorsqu'une fois face à lui leurs regards s'étaient croisés, elle avait compris à sa manière de l'évaluer sans vergogne que ce n'était pas sa robe qui l'intéressait. Un frisson lui avait aussitôt parcouru le corps pour se nicher au cœur de sa féminité. Ensuite, sa partenaire blonde, une femme désagréable, trop maquillée et sans la moindre classe, l'avait congédiée.

Mais à quoi bon penser encore à cet homme ? Elle était là pour travailler. De toute façon, il appartenait à un monde bien différent du sien pour être convié à cette présentation si exclusive.

S'efforçant de dissimuler son trouble persistant, Tara continua d'évoluer dans la pièce, mais prit soin de se tenir aussi loin que possible de lui.

— Regarde, mon chéri, cette robe est idéale ! Qu'en penses-tu ?

Marc serra les dents en entendant la voix mièvre de Celine, mais il éprouva aussitôt un grand soulagement : si elle avait enfin trouvé son bonheur, il allait pouvoir la raccompagner ! Il jeta un rapide coup d'œil au jeune mannequin en train de faire un tour sur elle-même pour leur présenter sa tenue, avant de répondre avec un enthousiasme de mise :

— Tu as raison, elle est parfaite !

— Je suis tellement heureuse qu'elle te plaise ! s'exclama Celine.

Elle congédia alors la jeune femme qui se tenait toujours devant eux, puis prit le bras de Marc en un geste possessif.

— Nous en avons donc fini ici. Je vais organiser un essayage avant notre départ de Londres, mais, en attendant, sois gentil et emmène-moi dîner dans un endroit chic. Après, nous pourrons finir la soirée dans un club !

La mine réjouie de Celine irrita Marc qui se dégagea brusquement.

Si l'amour aveuglait Hans au point de l'empêcher de comprendre qui était réellement son épouse, lui-même voyait en elle la réplique de celle qui lui avait donné une douloureuse leçon. Peu de temps avant le décès de son père, alors qu'il n'était que le futur jeune héritier de la banque familiale et amoureux fou de Marianne, il l'avait aperçue dans un restaurant parisien en compagnie d'un homme bien plus âgé que lui, mais surtout déjà à la tête d'une fortune personnelle. Loin d'être gênée, sa maîtresse avait discrètement incliné son verre de champagne dans sa direction, montrant au passage l'énorme diamant qui lui ornait le doigt.

« C'est la vie », semblait dire son sourire plus moqueur que fataliste.

Cela s'était passé un soir où, rentrant plus tôt que prévu d'un voyage en province, il avait eu la malencontreuse idée d'aller dîner chez un chef que tous deux affectionnaient. Marc s'était figé, sentant le sang se retirer de son visage et une grande peine lui étreindre le cœur. Elle le trompait donc depuis un certain temps et s'était lassée d'attendre une déclaration et surtout son héritage... Quelques mois plus tard, Marianne était devenue la troisième épouse du riche homme d'affaires. Depuis, il avait retenu la leçon et fuyait les femmes opportunistes. Aussi ce fut sans le moindre scrupule qu'il déclara à l'épouse de son ami Hans :

— C'est impossible, Celine, je suis déjà pris.

— S'il s'agit d'un dîner d'affaires, ce n'est pas un problème. J'accompagne souvent Hans. Cela ne nous empêchera pas de sortir seuls après.

— Non, c'est un dîner privé, répliqua-t-il avec un léger sourire destiné à lever tout doute sur la nature intime de son soi-disant rendez-vous.

Céline fronça les sourcils.

— Inutile de me raconter des histoires, tu es seul, en ce moment, je le sais. Si tu avais une petite amie, je serais au courant.

— Eh bien, tu l'es à présent.

— Qui est-ce ?

Pris de court, Marc lança sans réfléchir :

— Un des mannequins, ici même.

— Un mannequin..., répéta Celine d'un ton aussi méprisant que dubitatif avant de demander : laquelle ?

Soudain amusé de relever le défi qu'elle lui lançait, il répondit avec nonchalance :

— Celle qui nous a présenté la robe bordeaux que tu n'as pas aimée.

— Celle-là ? Mais elle t'a totalement ignoré !

— C'est normal, pendant ses horaires de travail, elle n'est pas censée fraterniser avec les clients et encore moins faire étalage de sa vie privée.

Marc s'en voulut d'avoir menti avec tant d'aplomb, mais il ne pouvait plus se rétracter. Même si la jeune femme lui avait visiblement battu froid, elle avait éveillé un instinct de séducteur qu'il ignorait posséder. Probablement parce qu'elle semblait insensible à sa présence… Il la chercha des yeux à travers la foule puis l'aperçut à l'autre bout de la pièce.

Au moment où il se demandait si elle l'évitait délibérément, Celine s'impatienta et demanda d'un ton narquois :

— Alors, qu'attends-tu pour me la présenter ?

De toute évidence, elle ne le croyait pas, mais Marc était résolu à surmonter tous les obstacles pour se débarrasser au plus vite de cette harpie.

— Je vais la chercher ! Attends-moi ici.

Puis il traversa la pièce d'un pas décidé tout en mettant au point les détails de son plan. Arrivé devant la jeune femme, il sentit son assurance s'évaporer au moment où il croisa son regard vert limpide. Même s'il n'était pas plus avenant que lors de leur première rencontre, il eut le même effet dévastateur sur lui.

Marc se planta devant elle afin de la dissimuler à la vue de Celine.

— Que diriez-vous de gagner cinq cents livres sterling, ce soir ?

2.

Tara se figea, interloquée. Cet homme avait le don de la déstabiliser. Quel toupet de venir la rejoindre après l'avoir dévisagée avec une insistance si gênante ! Pour qui se prenait-il ? En attendant, et malgré l'air toujours aussi revêche de son interlocuteur, elle ressentait le même trouble que lors de leur précédente rencontre et son cœur s'était déjà emballé.

Réalisant brusquement le côté à la fois insultant et choquant de sa question, elle se ressaisit et ouvrait la bouche pour le remettre à sa place lorsqu'il la devança.

— Une précision : il ne s'agit pas d'une proposition malhonnête, je vous demande simplement de nous accompagner, la jeune femme que j'escorte et moi, jusqu'à son hôtel où…

— Il n'en est…

— Laissez-moi terminer, l'interrompit-il d'un air soudain las. Une fois là-bas, elle descendra de voiture et je vous ramènerai ici.

Tara le vit jeter un coup d'œil alentour puis, alors qu'il apercevait l'un des créateurs qui avaient organisé la soirée, lui faire signe d'approcher.

— Que puis-je faire pour vous, monsieur Derenz ? demanda l'homme avec empressement.

L'obséquiosité de son ton hérissa Tara.

— Je souhaite vous emprunter ce mannequin,

tout au plus une demi-heure, afin de raccompagner Mme Neuberger jusqu'à son hôtel. Bien entendu, je vous réglerai le dérangement et m'engage à vous acheter sa tenue au cas où elle serait endommagée. Cela ne vous pose pas de problème, n'est-ce pas ?

— Absolument aucun, monsieur Derenz, répondit aussitôt le créateur avant de se tourner vers Tara : vous pouvez vous absenter.

Bien que fulminant de se voir imposer une obligation sans même avoir été consultée, Tara songea qu'elle n'avait pas le choix. Non seulement cet argent était bienvenu, mais si elle refusait, son agence en serait avertie et ne lui proposerait plus le moindre contrat.

Le dénommé Derenz se tourna alors vers elle.

— Tout est donc réglé. À partir de maintenant, je vous demande de vous comporter comme si vous me connaissiez, ou plus exactement… comme si nous avions une liaison.

— Pardon ?

— Ne vous inquiétez pas, il s'agit simplement de le laisser croire à Mme Neuberger afin de lui ôter toute espérance me concernant. Officiellement, vous et moi nous fréquentons depuis quelque temps et avions prévu de dîner ensemble ce soir.

La blonde trop maquillée n'était donc pas sa maîtresse… Étonnée de sa franchise, Tara préféra tout de même s'assurer de la réalité de l'offre.

— Vous avez mentionné cinq cents livres sterling, n'est-ce pas ?

— En effet, à condition toutefois que vous ne perdiez plus de temps. Je ne tiens pas à m'éterniser ici.

Puis, sans attendre sa réponse, il lui prit le bras et entreprit de traverser la salle tout en lui communiquant les détails de la supercherie. Rassurée, elle songeait que cette mission aussi inattendue que bien rémunérée serait vite expédiée lorsqu'il lui imprima une légère secousse sur le bras.

— Je comprends qu'étant très consciencieuse vous vous absentiez de votre travail à contrecœur, mais si vous continuez à vous comporter de manière aussi rigide, je divise le montant offert pour votre prestation par deux. Est-ce clair ?

Tara lui lança un regard en coin, mais déjà il poursuivait :

— Comment vous appelez-vous ?

— Tara Mackensie, et je dois d'abord aller chercher mon sac à main…

— Inutile, vous serez très vite de retour.

Quelques secondes plus tard, ils arrivaient devant la blonde qui la regarda d'un air peu avenant.

— Celine, je te présente Tara. Tara, voici Mme Neuberger.

Toutes deux inclinèrent la tête.

— Tara a obtenu l'autorisation de partir plus tôt donc nous pouvons te raccompagner à l'hôtel.

Puis, prenant le bras de Celine de sa main libre, il les entraîna toutes les deux vers la sortie où une limousine les attendait.

Alors qu'il venait de s'installer entre elles dans la voiture, Tara rit sous cape en voyant la fameuse Celine faire mine de batailler avec sa ceinture de sécurité. Son compagnon la lui boucla sans un mot.

— Merci, Marc.

Il s'appelait donc Marc Derenz, songea Tara, et étant donné son léger accent devait être d'origine allemande. En plus du fait qu'il était certainement très riche vu la manière dont le créateur s'était empressé d'accéder à son désir, c'était tout ce qu'elle savait de lui. Elle lui jeta un coup d'œil furtif. Son visage trahissait son irritation face à la manœuvre de Celine. D'ailleurs, il se tourna aussitôt vers elle.

— Mon ange, tu as oublié de mettre ta ceinture.

Sa voix soudain douce tel un murmure caressant fit frissonner Tara qui eut du mal à dissimuler son trouble tant la manière dont il la regardait était…

Intime fut le premier mot qui lui vint à l'esprit.

Pour calmer le feu qu'il venait de faire naître dans le tréfonds de son corps, elle dut se rappeler qu'il ne s'agissait que d'une mascarade. Cet homme l'avait quasiment forcée à accepter sa proposition avant de l'entraîner manu militari. Et ce sans même se départir de son expression revêche. Il ne manquerait plus qu'il remarque l'effet qu'il lui faisait !

Marc se pencha alors devant elle pour attraper sa ceinture de sécurité. Au moment où elle sentit son torse effleurer sa poitrine, Tara respira l'odeur boisée de sa lotion après-rasage, tout à la fois puissante et raffinée avec une légère note citronnée, mêlée à celle plus subtile de sa peau. Submergée par les sensations, elle retint son souffle. Dans la seconde suivante, il boucla la ceinture d'un geste précis avant de reprendre sa place.

La blonde lui posa aussitôt une main manucurée aux ongles écarlates sur le bras et se mit à lui parler en allemand. Furieuse de voir cette pimbêche l'ignorer de la sorte, Tara se décida à agir.

— Mon chéri, je suis désolée de n'avoir pu me libérer plus tôt, lança-t-elle d'une voix câline tout en effleurant le genou de son soi-disant petit ami. Je vois bien que tu es contrarié, alors suis-je pardonnée ?

Marc tourna la tête vers elle. Son expression à la fois stupéfaite et presque dure faillit lui faire regretter d'être intervenue, mais il répliqua avec douceur :

— Bien sûr, mon ange. Excuse mon impatience. Je dois être à Genève demain matin pour une réunion, aussi je souhaitais passer le plus de temps possible avec toi. Mais tu es là à présent, c'est l'essentiel, n'est-ce pas ?

L'espace d'un instant, Tara crut presque à son regret tant il était convaincant et d'autant qu'il avait repris sa voix caressante d'amant attentionné. Son effet fut immédiat : une douce chaleur se nicha à nouveau au cœur de son intimité.

Ressaisis-toi ! Cet homme est un acteur consommé.

— Absolument, répondit-elle.

Pas le moins du monde déstabilisée par cette interruption, la blonde poursuivit son discours.

Tara se tourna alors vers la vitre. Tandis que la limousine filait dans les rues de Londres, elle s'efforça de respirer calmement afin de calmer les émotions qui venaient de l'envahir. Une chance que cette Celine monopolise cet homme à l'incroyable sensualité car jouer le rôle qui lui avait été dévolu sans trahir son attirance pour lui aurait été délicat… En attendant, grâce à lui, sa cagnotte grandissait et son rêve allait bientôt être à portée de main.

Lorsque la voiture s'arrêta devant l'hôtel, Marc Derenz accompagna la jeune femme à l'intérieur puis revint et, cette fois, il s'installa à l'autre extrémité de la banquette.

— Une bonne chose de faite ! déclara-t-il une fois que la limousine eut démarré.

Amusée de voir son air soulagé, Tara ne put résister à l'envie de le taquiner. Il avait beau avoir un physique extrêmement avantageux, son mauvais caractère lui ôtait beaucoup de son charme. Et comme il ne prenait même pas la peine de se montrer aimable alors qu'elle lui rendait service à sa demande, le savoir la proie de cette femme ambitieuse et décidée la réjouissait secrètement. D'autant plus qu'il n'était pas au bout de ses peines car cette Celine semblait prête à tout accepter de lui pour arriver à ses fins !

— Les personnes qui ne comprennent pas un refus sont épuisantes, n'est-ce pas ?

Il lui lança un regard noir puis, sans prendre la peine de lui répondre, sortit son téléphone, composa un numéro et s'absorba dans sa conversation.

Tara se cala dans son siège sans savoir si sa soudaine irritation était due au manque de courtoisie de Marc Derenz ou au fait que cette petite escapade allait très vite prendre fin. Du coin de l'œil, elle observa son profil. Malgré son expression sévère, il l'attirait. Il éveillait même en elle un désir totalement déplacé dans le cadre de la mission pour laquelle il l'avait engagée.

Au diable, cet homme ! songea-t-elle, énervée, avant de tourner la tête vers la vitre. Leur accord – si tant est que le terme soit adéquat étant donné la manière autoritaire dont il avait fait preuve pour l'engager – était presque terminé et M. Derenz sortirait de ses pensées aussi vite qu'il y était entré.

Quelques minutes plus tard, la limousine s'arrêta devant l'hôtel où se tenait la présentation de mode. Tara se tourna vers Marc Derenz.

— Vous m'avez promis cinq cents livres sterling.

Sans un mot, il descendit de voiture et vint lui ouvrir la portière. Elle se tint très droite devant lui, consciente qu'il la dépassait d'une tête, ce qui était assez inhabituel. Ne sachant comment interpréter la manière dont il la regardait en silence, elle se demanda s'il comptait revenir sur sa promesse et la priver de son dû, une somme au demeurant probablement insignifiante pour lui. Levant alors le menton, elle tendit la main.

— Pourriez-vous me payer maintenant…

Il la regarda avec une intensité telle qu'elle retint son souffle, puis, comme au ralenti, elle le vit saisir sa main et la soulever vers ses lèvres. Incapable de réagir, elle remarqua cependant la longueur de ses cils fournis, étonnante chez un homme aussi viril, tandis qu'il lui retournait le poignet et posait les lèvres à l'intérieur.

À ce contact, si doux et si sensuel, Tara sentit son cœur s'emballer, ses jambes fléchir, mais, déjà, il se redressait.

— Merci, murmura-t-il.

Stupéfaite de l'impact de sa voix soudain rauque, elle resta figée sur place et l'entendit ajouter d'un ton légèrement amusé :

— Je vous remercie pour votre coopération.

Tara dégagea sa main d'une secousse et, le défiant du regard, répliqua sèchement :

— Je ne l'ai fait que pour l'argent.

Il se rembrunit aussitôt. Son regard se fit glacial et, au léger mouvement sur sa joue indiquant qu'il serrait les dents, elle regretta presque sa repartie acerbe. Il sortit alors son portefeuille et compta dix billets de cinquante livres qu'il lui tendit sans un mot.

Furieuse d'avoir un instant succombé à l'émotion et, plus encore, de se trouver dans la situation délicate de recevoir de l'argent d'un homme sur un trottoir, Tara saisit les billets puis elle plia le premier de la liasse et, un sourire mielleux aux lèvres, le glissa dans la poche de poitrine de son costume.

— Offrez-vous un verre avant de rentrer chez vous, monsieur Derenz. Vous semblez en avoir grand besoin !

Sans lui laisser le temps de réagir, Tara pivota sur ses hauts talons et rejoignit l'entrée du bâtiment.

Dieu merci, elle ne reverrait jamais cet homme qui, aussi détestable soit-il, avait l'étrange pouvoir de l'émouvoir et de lui faire perdre ses moyens.

Médusé, Marc regarda Tara s'éloigner, observant sa robe qui virevoltait autour de ses longues jambes fines, et l'éclat de sa chevelure châtaine. Il sentait encore le doux parfum de la peau soyeuse de son poignet…

Une fois remonté en voiture, il ordonna à son chauffeur de le raccompagner à son hôtel et sortit de sa poche de poitrine le billet qu'il remit dans son portefeuille. Il regretta de n'avoir pas trouvé de repartie apte à réduire au silence sa bouche pulpeuse et insolente. À vrai dire, il y aurait eu un moyen de la faire taire beaucoup plus efficace que des mots, un dont il avait eu envie toute la soirée…

Non. Tara Mackensie n'était pas pour lui. Il n'enfreindrait pas sa règle de conduite pour elle. Sans Celine, il ne l'aurait jamais rencontrée et, en cet instant, il souhaitait les oublier toutes les deux au plus vite.

Il ignorait cependant que le destin allait les remettre en présence…

Quinze jours plus tard, Tara regardait sur Internet les accessoires de cuisine et de salle de bains. Elle avait beau chercher les meilleures affaires afin d'équilibrer son budget, il lui manquait encore près de dix mille livres sterling pour rendre son cottage confortablement habitable. Même en vivant de la manière la plus économique possible, il lui faudrait six bons mois avant d'économiser une telle somme.

À moins qu'une bonne fée se penche à nouveau sur son cas, songea-t-elle avec un petit sourire ironique. Après tout, elle avait gagné quatre cent cinquante livres sterling en une demi-heure en sauvant le beau Marc Derenz des griffes de cette horrible Celine.

À cette pensée, Tara se souvint du baiser déposé au

creux de son poignet. Immédiatement, un doux désir se logea au cœur de son intimité.

Il a fait ça pour te narguer ! se reprit-elle aussitôt, furieuse de s'être une fois de plus laissée aller à songer à cet homme qui l'avait mise mal à l'aise dès le premier regard.

Décidée à l'oublier, elle reprit sa recherche sur l'ordinateur. L'important était de déménager au plus tôt dans le Dorset, pas de fantasmer sur un milliardaire grincheux à l'opposé du partenaire idéal.

Elle trouverait un jour le compagnon de ses rêves, mais certainement pas à Londres où son travail la faisait évoluer dans un milieu artificiel. En fait, elle espérait le rencontrer après avoir commencé sa nouvelle vie. Un homme qui ignorerait son statut de mannequin et ne chercherait pas une femme trophée à exhiber dans des soirées. Quelqu'un de doux et sensible. Un vétérinaire peut-être, ou un propriétaire terrien amoureux lui aussi des animaux et de la campagne…

En attendant, une chose était certaine : il serait très différent de Marc Derenz.

Comme la sonnette retentissait, Tara se leva en soupirant pour aller répondre. Une de ses colocataires avait encore dû oublier sa clé.

Elle ouvrit la porte et se figea.

Son visiteur était la dernière personne qu'elle s'attendait à voir.

Marc Derenz.

3.

Marc était d'une humeur massacrante. Malgré la manière dont il l'avait éconduite le soir de la présentation de mode, Celine n'avait pas renoncé à s'installer chez lui à la villa Derenz sous le prétexte probablement fallacieux de chercher la maison de ses rêves. Et, bien entendu, lorsque Hans, très gêné, l'avait appelé pour lui annoncer leur arrivée une semaine plus tard, il n'avait pas eu le cœur de lui refuser l'hospitalité.

Sa première réaction de colère passée, il avait mis au point un plan apte à décourager définitivement cette femme crampon, et cela nécessitait la coopération de Tara Mackenzie. Obtenir des organisateurs de la soirée le nom de l'agence de mannequins qui l'employait avait été aisé. Une fois en possession de ses coordonnées personnelles, il avait cependant préféré se rendre à son domicile afin de la persuader d'accepter sa proposition plutôt que d'essuyer un refus par téléphone. Cette jeune demoiselle semblait avoir beaucoup de tempérament…

Il serait donc obligé de faire preuve de diplomatie car il était conscient de l'avoir indisposée lors de leur première rencontre, songea-t-il en appuyant sur la sonnette de l'appartement, et surtout de se maîtriser si son attirance pour elle persistait !

Lorsque la porte s'ouvrit, Marc ressentit un coup

au cœur. Vêtue d'un jean et d'une chemise ample, les cheveux relevés en une longue queue-de-cheval et sans le moindre maquillage, Tara était aussi magnifique que dans son souvenir. L'effet de cette vision fut dévastateur, et il se retrouva à nouveau la proie d'un désir aussi intense que subit. Un point jouait cependant en sa faveur : elle semblait aussi stupéfaite que lui, même si la raison de sa stupeur était probablement différente de la sienne !

Marc se racla la gorge, histoire de reprendre contenance, tout en jetant un rapide coup d'œil derrière la jeune femme. Le salon était pauvrement meublé, des vêtements traînaient sur le canapé et un étendoir trônait devant la fenêtre. Sa situation financière ne devait donc pas être florissante, ce qui arrangeait ses affaires…

— Bonjour, mademoiselle Mackenzie. J'ai une proposition professionnelle à vous faire. Auriez-vous un instant à m'accorder ?

Encore à peine remise de sa surprise, pour ne pas dire du choc que lui avait causé la vue de Marc Derenz, Tara haussa les sourcils. Vu son inhabituelle politesse, il devait avoir sérieusement besoin d'elle… Amusée de le voir planté sur le pas de sa porte en attendant sa réponse, elle décida de jouer le jeu de la courtoisie. Après tout, elle était en position de force.

— Bien sûr, monsieur Derenz. Entrez, je vous prie.

Elle s'effaça pour le laisser passer puis, tout en ramassant les affaires éparpillées sur les sièges, elle lui fit signe de s'asseoir.

— Excusez tout ce fouillis, mes colocataires ne sont pas des plus ordonnées.

— Ne vous inquiétez pas.

— De quoi s'agit-il ? demanda-t-elle en prenant place face à lui.

— En fait, je souhaiterais que vous prolongiez le rôle joué lors de la présentation de mode.

— Votre amie blondinette vous poursuit donc toujours de ses assiduités ?

— En effet.

— Dans ce cas, en quoi consiste exactement votre offre ?

Remarquant qu'il avait imperceptiblement serré les dents, Tara en déduisit qu'il était mal à l'aise de faire appel à elle. Sans savoir pourquoi, cela la réjouit au point qu'elle dut faire un effort pour dissimuler le sourire qui lui montait aux lèvres.

— Mme Neuberger a décidé de venir s'installer avec son mari dans ma villa du midi de la France, le temps de trouver une résidence à acheter. Je vous demande donc de venir y séjourner aussi. Votre mission sera la même que précédemment : donner l'impression que nous sommes en couple. Il ne s'agit que d'une semaine, dix jours tout au plus.

Tara se cala dans son fauteuil et croisa les jambes, impassible, et bien décidée à le laisser aller au bout sans l'interrompre. Même si le revoir avait été une agréable surprise, sa proposition avait un côté humiliant. Il lui réservait un rôle de représentation car, de toute évidence, une fille comme elle n'avait aucun autre intérêt à ses yeux !

— Vous serez mon invitée, et je vous réglerai la somme de cinq mille livres sterling au terme de cette mission. Bien entendu, tous les frais occasionnés par ce déplacement seront également pris en charge, c'est-à-dire votre billet d'avion ainsi qu'une garde-robe appropriée à la situation.

— Je désire recevoir la moitié du règlement avant le départ.

— Non, rétorqua-t-il d'un ton ferme. Je ne prends pas le risque de vous voir me faire faux bond à la dernière minute et disparaître dans la nature.

— Puisque vous m'accordez aussi peu de crédit, je ne vois pas l'intérêt de poursuivre cet entretien, déclara-t-elle en se levant.

— Attendez une seconde. Ne me dites pas que cet argent ne serait pas le bienvenu.

Tara l'observa quelques secondes en silence. À en juger par ses vêtements, provenant visiblement de chez les meilleurs couturiers, sa limousine avec chauffeur, le fait qu'il avait ses entrées dans les défilés de mode et son arrogance, Marc Derenz était fortuné. Elle se livra à un rapide calcul de tête. La somme qu'il lui proposait pour une semaine de présence était dérisoire comparée à celle versée pour l'avoir accompagné tout au plus une demi-heure la première fois. Vivre sous le toit de cet homme taciturne et autoritaire en étant à sa disposition du matin au soir, sans parler de subir la présence de la fameuse Celine, valait beaucoup plus. Pensant alors au montant dont elle avait besoin pour rénover son cottage, elle décida de tenter le tout pour le tout et lança en le regardant droit dans les yeux :

— Puisque vous ne mentionnez que les avantages de la mission, permettez-moi d'en souligner les inconvénients. Vous me demandez une totale disponibilité, ce qui me prive de tout autre engagement plus utile à ma carrière, et, détail non des moindres, je devrai supporter la suffisance ainsi que l'hostilité et le mépris évidents de Mme Neuberger à mon égard.

Comprenant au froncement de sourcils de son interlocuteur qu'elle avait marqué un point, Tara rassembla son courage pour ajouter :

— Si vous souhaitez donc avoir recours à mes services sans prendre le risque de me voir disparaître avant l'heure, il faudra vous montrer plus généreux. Je ne me déplacerai pas pour moins de dix mille livres sterling.

Comme Marc Derenz la regardait d'un air narquois à présent, Tara craignit un instant d'être allée trop loin, mais il était trop tard pour effacer ses paroles. D'ailleurs, serait-elle capable de passer autant de temps en compagnie de cet homme dont la seule présence suffisait à l'émouvoir ?

Elle n'eut pas à répondre à sa propre question car il lança brusquement :

— Très bien. J'accepte.

Tara se demandait si sa victoire n'avait pas été trop facile lorsqu'elle le vit sortir son portefeuille et en tirer deux billets de cinquante livres qu'il plia avant de les glisser dans la poche de la chemise qu'elle portait.

— Voici un petit acompte.

Comprenant son allusion moqueuse à son geste précédent, elle cherchait une repartie cinglante lorsqu'il tourna les talons et, tout en se dirigeant vers la porte, déclara que les détails du voyage lui seraient communiqués par le biais de son agence qui lui fournirait aussi un contrat.

Une fois seule, Tara sortit les billets de sa poche. Marc Derenz venait de lui rappeler de manière très claire quelle était la nature de leur association. Il l'avait contactée uniquement car il avait besoin de son aide. Rien de plus.

Pourquoi fallait-il que le seul homme qui ait fait battre son cœur de la sorte vienne d'un monde si différent du sien ? Ce séjour allait être difficile sur bien des plans…

Pensive, Tara regardait par le hublot de l'avion l'aéroport de Nice se profiler à l'horizon. D'un côté, passer une semaine au bord de la Méditerranée et découvrir la célèbre Côte d'Azur l'enchantait, de l'autre, l'idée de vivre en vase clos avec Marc Derenz et l'odieuse Celine l'angoissait. Elle n'avait pensé qu'à cela, ou plus exactement qu'à lui, pendant toute la semaine.

Une recherche sur Internet lui avait révélé qu'il était le président-directeur général de la Banque Derenz, un établissement ultra-privé réservé aux seules personnes très fortunées de ce monde, et dont le siège se trouvait à Paris. Quant à sa résidence du sud de la France, la villa Derenz, c'était un petit bijou de style Arts déco selon les articles parus dans une revue d'architecture.

Cet homme était donc encore plus inaccessible qu'elle ne l'avait imaginé !

À sa descente d'avion, un chauffeur l'attendait pour la conduire à la villa où la gouvernante l'accueillit avec amabilité et lui expliqua que son patron n'arriverait que dans l'après-midi. Soulagée de rencontrer cette personne si sympathique, et surtout d'avoir quelques heures de tranquillité, Tara sentit son moral remonter. Elle la suivit dans le large escalier partant du grand hall dallé de marbre blanc, ayant l'impression de se trouver dans le décor d'un film des années 1920 devant le style de la maison.

Une fois seule dans sa chambre, elle sortit sur le balcon qui reliait toutes les pièces de la façade. De là, le jardin s'offrit à sa vue : des pelouses impeccablement tondues parsemées de bosquets entouraient une piscine à débordement face aux eaux azurées de la Méditerranée. Sur le côté, se trouvaient une roseraie ainsi qu'une pergola abritant une salle à manger extérieure.

Ce cadre était enchanteur, songea-t-elle en rentrant

pour défaire ses bagages, mais elle s'aperçut alors que deux jeunes filles en uniforme avaient déjà commencé à ranger les tenues de couturiers qui lui avaient été livrées quelques jours avant son départ. Marc Derenz semblait avoir un goût très sûr en matière de mode féminine car tout était d'une suprême élégance. Porter ces vêtements pour son propre plaisir au lieu de les présenter à des acheteuses allait être une expérience aussi nouvelle qu'agréable.

Elle décida donc de profiter au maximum de ce séjour, du moins avant de commencer à travailler, car dès l'arrivée du maître des lieux et de ses invités, ses moments de liberté seraient probablement comptés.

Les deux jeunes femmes parties, la gouvernante vint lui annoncer qu'un déjeuner lui serait servi une demi-heure plus tard sous la pergola. Tara en profita donc pour prendre une douche rapide dans la somptueuse salle de bains privative de sa chambre puis elle enfila une robe légère plus adaptée à la chaleur du début d'été français que le tailleur porté pour voyager. Sitôt son délicieux repas achevé, elle enfila un maillot de bain puis alla s'allonger sur un lit de plage face à la piscine, heureuse de faire une sieste sous le doux soleil méditerranéen.

— Vous allez attraper un coup de soleil.

Réveillée en sursaut par cette voix grave désormais familière, Tara découvrit Marc Derenz la dominant de sa grande taille, superbe dans un costume en lin blanc cassé plus décontracté que les strictes tenues d'homme d'affaires qu'elle lui avait vues jusque-là.

— J'ai mis de la crème solaire.

— Peut-être, mademoiselle Mackenzie, mais je n'ai pas envie de vous voir ressembler à un homard ébouillanté, déclara-t-il d'un ton sec. Sans compter qu'il va falloir vous mettre au travail.

Elle croisa les bras devant sa poitrine pour relever les bretelles de son maillot qu'elle avait abaissées afin d'éviter les marques de bronzage sur ses épaules. Sentant le regard de son hôte posé sur elle, Tara s'empressa de se lever et de nouer un paréo autour de son buste.

Quelle idiote de s'être autorisé ce moment de farniente ! Et pire, de se laisser troubler par la seule vue de cet homme arrogant. Elle allait devoir s'habituer à dissimuler ses réactions face à lui, mais, dans l'immédiat, elle ne devait en aucun cas se laisser impressionner par ses manières si brusques. Délimiter son territoire et ses fonctions était impératif. Être son employeur ne justifiait pas son manque de respect !

— Qu'y a-t-il au programme ? demanda-t-elle tout en rangeant son livre dans son sac de plage.

— Une réunion d'information concernant les règles de base à respecter pendant votre séjour car, je tiens à le souligner, vous n'êtes pas en vacances ici, mademoiselle Mackenzie, mais en mission.

Lui indiquant alors une table, située sous les arbres un peu plus loin, il lui fit signe de le suivre, s'assit et croisa les jambes avec nonchalance.

Tout en affichant un air impassible en contradiction avec les émotions qui l'agitaient, Marc regardait Tara en train de s'installer face à lui. Grande avait été sa surprise, à son arrivée de Paris, de la trouver allongée sous un parasol, vêtue d'un bikini aussi minimaliste que seyant. Il ne pouvait certes lui reprocher de prendre un moment de repos, mais la voir ainsi exposée avait éveillé en lui un désir intense. Il avait d'ailleurs pris le temps d'observer son sublime corps tant qu'elle était inconsciente de sa présence !

Quel dommage de devoir limiter leurs rapports au plan professionnel…

Depuis l'instant où il l'avait engagée pour l'aider à tenir Celine à distance, il ne cessait de se demander si cette décision n'avait pas été trop précipitée. Pourquoi diable être allé chercher une fille qui l'attirait tant alors qu'il aurait pu obtenir ce service d'une ancienne petite amie ? Parce qu'il aurait couru aux devants d'ennuis, se rassura-t-il aussitôt, tandis que cette jeune demoiselle savait sûrement que franchir les limites de la bienséance avec lui mettrait en péril son avenir professionnel.

Quoi qu'il en soit, il avait la désagréable impression de jouer avec le feu…

Or il l'avait déjà fait une fois en ignorant les conseils de son père pour s'amouracher de Marianne. Dieu merci, cette histoire s'était terminée avant qu'il s'engage sérieusement avec elle. Il en avait été quitte pour une peine de cœur passagère. À présent, à plus de trente ans, il n'était plus un jouvenceau incapable de se maîtriser ! De plus, lors de la soirée de mode, Tara Mackensie lui avait clairement fait comprendre qu'il ne l'intéressait pas, point qu'elle avait renforcé en faisant monter les enchères de manière si effrontée lorsqu'ils avaient discuté ensemble à son domicile.

Totalement rasséréné, il déclara d'un ton sec :

— Les Neuberger doivent arriver en fin d'après-midi. De ce moment, et jusqu'à leur départ, vous devrez jouer votre rôle en gardant à l'esprit que notre relation est fictive et le restera. Je préfère être clair d'emblée afin de vous éviter d'entretenir des illusions qui ne pourraient que vous blesser. Me suis-je bien fait comprendre ?

Tara eut l'impression d'être prise au piège des yeux noirs de Marc Derenz tant il la fixait intensément en lui parlant. Cette manie de la remettre à sa place en quelques mots était détestable. Quant au message, il était limpide, mais quelle arrogance de lui adresser un tel avertissement. Car c'en était bien un ! Dieu merci, jamais elle ne tomberait amoureuse d'un homme aussi imbu de sa personne et persuadé que toutes les femmes lui couraient après.

Préférant cependant contenir son indignation sous peine de perdre son travail avant même de l'avoir commencé, elle répondit d'un ton doucereux :

— Je vous ai parfaitement compris, monsieur Derenz. Je pensais pourtant avoir, moi aussi, été très claire sur ce point : à mes yeux, le seul intérêt de cette mission est sa rémunération, aussi vous n'avez aucune inquiétude à avoir.

— Inutile d'être impertinente, mademoiselle Mackenzie, je suis déjà assez énervé comme ça, rétorqua-t-il en la foudroyant du regard.

— À mon tour maintenant d'apporter quelques précisions. Je vous serais reconnaissante d'éviter à l'avenir ce genre d'allusions. Imaginer que je puisse désirer jouer un rôle autre que celui que vous m'avez confié est totalement injustifié, pour ne pas dire ridicule.

Voir Marc Derenz se raidir imperceptiblement procura à Tara une telle satisfaction qu'elle poursuivit avec la même fermeté :

— De plus, je vous demande de ne pas renouveler votre petit numéro de charme exécuté sur un trottoir de Londres. M'embrasser le poignet était déplacé ! Je souhaite donc qu'il n'y ait dorénavant entre nous plus le moindre contact physique inutile. Nos rôles doivent être convaincants, mais aux yeux du public uniquement.

Stupéfaite de sa propre audace, mais décidée à faire comprendre au séduisant Marc Derenz qu'elle était on ne peut plus sérieuse, Tara soutint son regard sans ciller. Ses yeux prenaient une teinte bleu marine dans cet éclairage, songea-t-elle soudain avant de se ressaisir. Mieux valait se concentrer sur ses côtés odieux que sur son corps de rêve. D'ailleurs, le simple fait de prétendre être en des termes intimes avec lui allait relever du défi s'il continuait à se montrer aussi désagréable. Mais dans le cas contraire, le défi risquait d'être bien plus difficile !

— Cela dit, reprit-elle sans lui laisser le temps de la rabrouer, il serait bon que vous me donniez quelques détails sur les Neuberger.

— Hans est à la tête de Neuberger Fabrik, une importante entreprise d'ingénierie basée à Francfort. Il est un ami de longue date de ma famille et connaît bien la villa pour y avoir passé de nombreuses vacances en compagnie de sa première épouse, décédée il y a un peu plus de deux ans, et de leurs enfants. Celine est sa seconde femme.

— J'imagine que ses enfants n'apprécient guère ce mariage.

— En effet, ils détestent Celine, et pour ne rien vous cacher, moi aussi. Elle n'a épousé Hans que pour sa fortune et, depuis l'instant même où il me l'a présentée, elle ne cesse de me poursuivre. Sa seule vue m'est désormais insupportable. Si elle n'était pas la femme d'un ami, cela fait longtemps que je l'aurais envoyée au diable.

— Je n'en doute pas, répliqua Tara tout en réprimant un sourire tant elle était amusée de voir cet homme d'ordinaire si maître de lui s'échauffer de la sorte.

— Au nom de notre amitié, cependant, je me vois contraint d'adopter une approche plus subtile.

— Et de lui montrer qu'il n'y a aucune place pour elle dans votre vie ?

— Exactement, répondit Marc Derenz en se levant.

Comme il la fixait en silence, Tara l'imita tout en récupérant dans son sac de plage ses lunettes de soleil afin de se donner une contenance.

— Nous servirons des cocktails à 19 heures dans le petit salon situé au rez-de-chaussée, mademoiselle Mackenzie. Soyez à l'heure, je déteste le retard.

Sur ces paroles décisives, il tourna les talons. Tara le regarda s'éloigner vers la villa. Prise d'une soudaine velléité de rébellion, elle sortit son livre et retourna s'installer sur le lit de plage. Elle avait amplement le temps de se préparer pour la soirée et méritait un moment de repos après leur discussion somme toute stressante. De plus, elle n'avait aucun rôle à jouer tant que les invités de Marc Derenz n'étaient pas encore arrivés.

Quel dommage de ne pas avoir pensé à demander une prime de risque, songea-t-elle soudain tandis qu'un sourire lui montait aux lèvres. En effet, si chaque rencontre avec cet homme s'avérait être source d'autant d'émotions, son pauvre petit cœur allait vieillir avant l'âge.

Tara ne sut cependant décider si le danger provenait des manières peu courtoises de Marc Derenz ou de l'effet troublant qu'il avait sur elle…

4.

D'humeur maussade, Marc regardait le dossier affiché sur l'écran de son ordinateur sans parvenir à y prêter attention. Il avait pourtant l'habitude de travailler où qu'il se trouve et possédait d'ailleurs un bureau entièrement équipé dans chacune de ses propriétés afin de diriger ses affaires en permanence.

À la mort de ses parents, il avait dû prendre la direction de la banque familiale du jour au lendemain. Passer outre son chagrin pour faire preuve d'une infaillible autorité afin d'imposer sa volonté face aux membres du conseil d'administration s'était révélé indispensable. En effet, ces hommes de la génération de son père, alors que lui-même était à peine âgé de vingt-trois ans, avaient tenté de manière à peine déguisée de profiter de sa faible expérience pour le reléguer à un rôle de représentation et faire triompher leurs vues.

C'était compter sans son caractère affirmé et la prévoyance de leur ancien patron qui, depuis l'adolescence de son fils, l'avait intéressé à ses affaires, le préparant ainsi à son futur métier. Même si après plus d'une décennie sa position était parfaitement assurée, l'habitude de travail lui était restée et il avait développé un goût de commander qui s'était étendu à tous ceux à qui il avait affaire.

Y compris les femmes grassement payées pour

effectuer un travail somme toute très simple, songea-t-il soudain avec rage en apercevant à travers la vitre Tara Mackenzie qui, passant outre son ordre, s'était réinstallée au bord de la piscine. Dieu merci, elle s'était abritée sous un parasol ! Pourquoi diable fallait-il que cette demoiselle ne puisse suivre de bonne grâce ses recommandations et, surtout, s'empêcher de lui tenir tête à tout propos ? C'était intolérable. Cela relevait même de l'insubordination !

Comme si l'arrivée prochaine de son ami Hans, ou plus précisément celle de sa détestable épouse, ne lui causait pas assez de souci ! Tara Mackensie avait intérêt à se montrer plus gracieuse lorsqu'ils seraient là sinon elle ne convaincrait jamais cette maudite Celine qu'ils entretenaient une relation harmonieuse.

Il poussa un soupir exaspéré et s'approcha de la baie vitrée. Cette jeune demoiselle, si paisiblement allongée, était décidément très belle… Un réel plaisir pour les yeux, ce qui atténua sa mauvaise humeur. Quel dommage que, contrairement aux autres femmes, elle ne cherche pas à le séduire. Tandis qu'il admirait son corps longiligne aux courbes légères, mais ô combien délicieuses, une idée germa dans son esprit.

Et si, moi, je la séduisais…

Malgré sa réprimande tardive concernant le baiser déposé à l'intérieur de son poignet, il se souvint de sa réaction initiale. Loin de retirer sa main, elle la lui avait abandonnée. Après coup, bien sûr, elle l'avait toisé, allant jusqu'à lui rendre un billet afin de sauver la face, mais il avait eu le temps de sentir son trouble…

La perspective de la conquérir lui paraissait de plus en plus tentante au fur et à mesure que les secondes s'écoulaient. Ce ne serait certes pas partie facile, toutefois parvenir à transformer son hostilité si ce n'était en docilité au moins en une complaisante amabilité représentait un défi qui ne manquait pas de charme. À vrai dire, jouer au séducteur au lieu d'être assiégé serait une nouveauté. De plus, en présence de Celine, Tara n'oserait pas repousser ses avances sous peine de se dévoiler.

Comme ses pensées s'enflammaient, prenant un tour délibérément coquin, Marc s'efforça de se ressaisir. Malgré son corps de rêve, cette jeune femme était son employée, en aucun cas une maîtresse potentielle. Une fois sa mission achevée, elle regagnerait son domicile et sortirait de sa vie à jamais.

La voyant se lever et rassembler ses affaires, il s'empressa de rejoindre son bureau. Finies, les rêveries, aussi douces soient-elles, il avait du travail. Et il n'aurait plus manqué qu'elle le surprenne à l'observer !

Debout devant le miroir en pied de sa chambre, Tara considéra sa tenue d'un œil critique. Marc Derenz lui avait confié une mission qu'elle considérait au même titre qu'un défilé ou une séance de photos de mode. Elle tenait donc à apporter autant de soin à chacune de ses apparitions qu'à son travail habituel, et ce malgré les manières autoritaires de ce patron temporaire ! Dieu merci, ce jeu de rôle ne durerait qu'une dizaine de jours et lui rapporterait la coquette somme de dix mille livres sterling.

Elle tourna lentement devant la glace, observant avec attention son reflet avant de se déclarer satisfaite. La robe de cocktail bleu roi tombait parfaitement, son maquillage était impeccable et ses cheveux rassemblés en chignon tressé complétaient l'ensemble avec élégance.

Dans le coffret que Marc lui avait fait apporter, elle choisit un collier de perles assez discret pour une soirée entre amis ainsi qu'une paire de boucles d'oreilles assorties. Son employeur n'aurait aucune raison de se plaindre : son look était en tout point conforme à ce que ses amis attendaient sûrement d'une de ses maîtresses ! Elle venait juste de se vaporiser un soupçon de parfum dans le cou lorsque l'une des employées de maison frappa à la porte.

— M. Derenz souhaiterait que vous descendiez maintenant accueillir ses invités avec lui.

Au moment où elle arrivait en haut de l'escalier, Tara vit la gouvernante ouvrir la porte d'entrée, puis Marc sortir d'une pièce du rez-de-chaussée d'un pas dynamique avant de se figer au centre du hall.

La raison de son arrêt fut aussitôt évidente : Celine venait d'entrer et l'employée refermait la porte. Son mari ne l'avait donc pas accompagnée !

Elle était bien entendu sur son trente et un. Son tailleur couleur crème de menthe provenait de la dernière collection d'un couturier célèbre et elle arborait un sac dont Tara savait qu'il fallait patienter au moins un an sur une longue liste d'attente pour l'obtenir en dépit de son prix exorbitant. Sa tenue luxueuse ne masquait cependant pas son manque de classe : son tailleur moulait trop sa poitrine, son maquillage était surfait, ses escarpins, bien que portant la marque d'un chausseur renommé, avaient des talons de douze centimètres bien trop hauts pour une soirée entre amis et ses ongles laqués rouge vif étaient si longs qu'ils faisaient penser à des griffes animales.

— Marc chéri…, minauda-t-elle en s'approchant de son hôte toujours immobile et en l'embrassant. Comme c'est merveilleux d'être ici !

— Hans n'est pas venu avec toi ? demanda-t-il d'un ton sans chaleur.

— Non, je lui ai dit que nous nous débrouillerions très bien sans lui !

Réprimant une soudaine envie de rire à l'idée de la surprise qu'elle allait infliger à cette pimbêche, Tara s'engagea dans l'escalier et, un large sourire de bienvenue aux lèvres, s'exclama :

— Chère Celine, quel plaisir de vous revoir ! Nous vous attendions avec impatience tant nous sommes heureux de vous accueillir.

Tous deux se tournèrent aussitôt. S'étant attendue tout au plus à un sourire de circonstance de la part de Marc, Tara fut stupéfaite de lire dans son regard de l'admiration accompagnée d'une lueur ressemblant fort à du désir et sentit son cœur s'emballer avant de se rappeler aussitôt que lui aussi jouait un rôle. Soucieuse de dissimuler son trouble, elle poursuivit, ignorant l'expression soudain fermée de Celine :

— Marc m'a expliqué que vous étiez à la recherche d'une villa de vacances et il se trouve que j'adore visiter des maisons. Nous allons beaucoup nous amuser toutes les deux. J'ai hâte de commencer. Pourquoi ne discuterions-nous pas de vos goûts et désirs autour d'un cocktail ?

Réalisant en une fraction de seconde qu'elle n'avait pas reconnu les lieux auparavant pour s'assurer de l'endroit où ils devaient prendre l'apéritif, elle ajouta aussitôt :

— À moins, bien sûr, que vous souhaitiez monter dans votre chambre d'abord pour vous reposer après le voyage ou vous changer.

— Non, le jet de mon époux est très confortable, répliqua Celine d'un air hautain.

Marc, qui avait deviné son embarras, s'empressa de les conduire dans un somptueux salon Arts déco dont les portes-fenêtres étaient ouvertes sur une grande terrasse baignée des rayons du soleil.

Dès qu'elle eut un verre en main, Celine se mit à parler à Marc, en français d'abord puis en allemand lorsqu'une employée vint leur apporter un plateau d'amuse-gueules. Son intention était évidente : elle voulait tenir Tara à l'écart de leur conversation. Celle-ci, amusée de voir que Marc ne se départait pas de son air maussade, les ignora. Mme Neuberger pouvait le charmer tout à son aise, elle n'était pas le moins du monde jalouse !

Au bout d'un moment, cependant, estimant que la plaisanterie avait assez duré, elle posa une main sur le bras de son soi-disant petit ami.

— Comme tu le sais, je ne parle pas du tout l'allemand et mon français est d'un niveau tout juste scolaire, aussi soyez gentils de revenir à l'anglais.

Celine lui adressa un regard noir tandis qu'elle sentait les muscles de Marc se contracter sous ses doigts. Furieuse de constater son léger mouvement de retrait, Tara lui pressa légèrement la main. Ne se rendait-il pas compte qu'au vu de son attitude son invitée allait douter de la réalité de leur liaison ? Toutefois, s'il s'imaginait voir dans son geste une intention de séduction, elle se ferait un plaisir de le détromper dès qu'ils seraient en tête à tête ! Même s'il avait le pouvoir de l'émouvoir par sa seule présence, il ne l'intéressait pas, donc ses avertissements étaient inutiles !

Quoi qu'il en soit, il dut se rappeler l'objet de son intervention car il saisit cette occasion de réagir.

— Tara a raison, nous faisons preuve de bien peu de savoir-vivre en l'excluant de notre discussion. Passons à table. Tu pourras nous faire part de ce que tu recherches et nous commencerons les visites dès demain.

Pendant le dîner, Tara se comporta comme une charmante hôtesse, attentive au bien-être de leur invitée même si cette dernière souhaitait visiblement la voir à cent lieues de là. Un sourire aux lèvres, elle l'écouta pérorer sur les propriétés de ses rêves. Son manque de politesse ne l'impressionnait pas plus que sa manière de faire étalage de la richesse de son mari.

Par contre, constater que Marc Derenz ne faisait aucun effort pour se montrer si ce n'était tendre tout au moins aimable avec elle l'exaspéra. Il était peut-être encore furieux d'avoir vu Celine arriver seule, mais ce n'était pas une raison pour manifester si peu d'intérêt à la conversation qu'elle-même s'évertuait à maintenir, et se contenter de commentaires monosyllabiques.

Lorsqu'ils rejoignirent enfin le salon pour prendre le café, elle profita d'un bref instant où ils se retrouvèrent seuls pendant que Celine observait le jardin pour lui faire part à voix basse de son mécontentement.

— Je ne peux pas donner le change toute seule. Pour l'amour du ciel, mettez-y du vôtre si vous voulez la convaincre de notre liaison !

Sans attendre sa réponse, le prenant par le bras, elle se dirigea vers le canapé et s'assit à côté de lui avant de lui poser une main sur la cuisse. Une fois de plus, il se raidit, comme si ce contact le brûlait, ce qui l'irrita. Si elle y arrivait, il pouvait faire un effort !

Lorsque l'employée de maison eut quitté la pièce après avoir servi un café aux deux femmes et un whisky à Marc, Tara s'exclama d'une voix câline :

— Mon chéri, tu as été grognon toute la soirée ! Aurons-nous enfin droit à un sourire ?

Pour toute réponse, il lui décocha un regard noir. Au temps pour sa tentative de détendre l'atmosphère ! Elle réalisa cependant que le provoquer avait un côté excitant. Et c'était si facile de l'énerver ! Un léger frisson la parcourut à l'idée qu'elle était en train de jouer avec le feu…

— En fait, Celine, Marc nous fait sa tête des mauvais jours parce qu'il n'a pas envie de nous accompagner visiter des maisons, lança-t-elle d'un ton léger. Les hommes détestent ce genre d'activité, aussi laissons-le à la villa et allons-y seules.

— Vous ne connaissez pas la région, rétorqua la jeune femme d'un ton dédaigneux. J'ai besoin de son expertise, et il s'est engagé à m'apporter son aide. Dans l'idéal, bien sûr, Hans et moi aimerions trouver une propriété ici, au Cap Pierre. C'est un endroit tellement exclusif.

— En effet. À tel point d'ailleurs que personne ne vend, répondit Marc, dont l'humeur venait d'empirer suite à cette annonce.

Il était conscient de refroidir l'atmosphère avec une telle remarque, mais peu lui importait. Savoir Celine habiter dans les parages de son sanctuaire était la dernière chose qu'il souhaitait ! L'avant-dernière étant la main de Tara posée sur sa cuisse. L'ignorer nécessitait un énorme effort de volonté, tout comme éviter de lui prêter attention depuis l'instant où il l'avait vue descendre l'escalier, d'ailleurs ! Son apparition lui avait causé un tel choc qu'il avait retenu son souffle face à sa beauté et il avait dû se faire violence pour détourner le regard.

Bien que toutes les raisons pour lesquelles Tara Mackenzie était intouchable aient déserté son esprit sur-le-champ, il s'était obligé à se les remémorer tout au long de la soirée, avec plus ou moins de succès, mais carrément aucun dès l'instant où elle avait envahi son espace corporel ! Si jouer l'amant attentionné lui avait semblé possible au moment où il avait pris la décision de lui demander de s'installer chez lui, il se demandait à présent comment tenir ce rôle sans trahir son désir aux yeux de Tara. Et, surtout, comment passer une chaste semaine en sa présence sans devenir fou quand le simple contact de sa main sur sa cuisse le mettait dans tous ses états ?

Sa maîtrise de lui-même allait être mise à rude épreuve, songea-t-il en imaginant la torture des sens qui l'attendait. Cependant, quel que soit le prix à payer, c'était lui qui avait eu l'idée insensée de la faire venir et il ne pouvait la renvoyer sous peine de tomber immédiatement entre les griffes de Celine. Perspective encore plus épouvantable que d'être la proie d'un désir impossible à assouvir !

Marc se résigna donc à suivre le conseil de Tara : ils devaient donner l'impression d'avoir une liaison harmonieuse. Fort de cette résolution, il but une gorgée de whisky puis, d'un geste décontracté, posa la main sur la sienne avant de dire à Celine d'une voix plus aimable :

— Je suis certain que Hans et toi allez trouver la maison de vos rêves, mais pourquoi ne pas regarder les propriétés disponibles un peu plus loin sur la côte ou bien dans l'arrière-pays proche ? Certains endroits ont une vue imprenable sur la baie.

— Même si la vue est essentielle, je préférerais être plus près de la vie mondaine, Marc. Je ne viens pas ici pour m'enterrer !

Sur cette réplique, elle sortit de son sac à main les descriptifs accompagnés de photos de quelques villas qu'un agent lui avait envoyés.

Marc l'écouta exprimer ses commentaires avec son éternelle suffisance, se contentant de donner son avis lorsqu'elle le lui demandait. Voyant son regard dévier soudain vers sa cuisse, il réalisa qu'il avait entrelacé ses doigts à ceux de Tara et lui caressait du pouce le dessus de la main. Sensation des plus agréable… À tel point qu'il sentit le désir naître en lui.

Il se demanda aussitôt si, inconsciemment bien sûr, il ne l'avait pas invitée dans un autre but que celui de le protéger des avances de la femme de son ami.

Et si c'était le cas ?

Il joua un instant avec cette idée, et les perspectives si alléchantes qu'elle évoquait, avant de se ressaisir. Cet instant de faiblesse était probablement dû au fait qu'il avait bu plus de vin que de coutume pendant le repas tant sa visiteuse lui tapait sur les nerfs et son invitée le troublait. Il devait donc quitter au plus tôt cette pièce et la présence déstabilisante de la ravissante demoiselle Mackenzie.

Marc retira alors sa main et, après avoir reposé avec douceur celle de Tara sur ses genoux, il se leva.

— Celine, je te prie de m'excuser, mais j'ai un coup de téléphone à passer à un client américain…, lança-t-il avec aplomb.

Visiblement, Tara comprit aussitôt qu'il s'agissait là d'un prétexte pour écourter la soirée car elle étouffa un léger bâillement.

— Je n'avais pas vu qu'il était si tard…, déclara-t-elle en se levant à son tour. Nous ferions mieux de tous nous retirer. Vous devez être fatiguée après le voyage, Celine.

Appréciant cette aide inattendue, Marc souhaita bonne nuit à sa visiteuse avant de se pencher vers Tara.

— J'en ai pour une demi-heure tout au plus, mon ange. Cela te laissera le temps de prendre un bain, à moins que tu préfères m'attendre pour ça…

Il lui adressa un sourire de connivence puis quitta la pièce.

Tandis qu'il longeait le couloir en direction de son bureau, Marc était parfaitement conscient de n'avoir pas fait ce petit numéro pour le seul bénéfice de Celine. L'espace d'un instant, il s'était pris au jeu et senti dans la peau d'un amant pressé de retrouver sa bien-aimée…

Et cela le perturbait car, pour être honnête, si cette soirée avait été une épreuve tellement épuisante, c'était surtout parce que Tara éveillait en lui un désir auquel il ne pouvait céder sans remettre en cause la règle qui avait jusqu'alors régi ses relations. La présence de l'épouse de son ami était devenue une préoccupation presque accessoire…

À peine la porte de sa chambre fermée, Tara poussa un profond soupir. Quel soulagement d'en avoir terminé avec sa prestation de la soirée. Tout en se déshabillant, elle songeait à Marc. L'inciter à jouer son rôle n'avait pas exactement eu l'effet escompté. À vrai dire, cela s'était même retourné contre elle car dès qu'il avait posé sa main sur la sienne, en caressant le dessus avec une douceur très sensuelle, elle avait senti toutes sortes de sensations l'envahir. Lorsqu'il avait ensuite murmuré cette suggestion de bain à deux, assez fort cependant pour que Celine l'entende, elle avait presque cru qu'il avait l'intention de la rejoindre !

Mais il ne s'agissait que de donner le change, aussi mieux valait prendre une douche froide pour éteindre le feu qu'il avait éveillé en elle, puis se coucher. Passer la journée du lendemain avec Celine serait déjà une épreuve et la compagnie de Marc Derenz allait la rendre plus délicate encore.

Décidée à écarter cet homme de ses pensées en se consacrant à ses rituels pour la nuit, Tara suspendit sa robe de cocktail puis rejoignit la superbe salle de bains pour se démaquiller et se laver. Ses ablutions terminées, elle enfila une ravissante nuisette en soie taupe rehaussée de dentelle couleur chocolat comprise dans la garde-robe mise à sa disposition. Bizarre que Marc Derenz ait poussé le détail jusqu'à lui faire livrer un vêtement aussi intime alors qu'il ne cessait de lui préciser qu'ils n'auraient aucune relation intime... Mais, inutile de se faire des idées, il avait simplement dû confier le choix des vêtements à une acheteuse professionnelle qui avait pensé à toutes les situations.

Au moment de se coucher, elle remarqua, à côté de son lit, une porte à peine visible dans la boiserie. Comprenant que, pour la vraisemblance de son rôle, on avait dû l'installer dans une chambre contiguë à celle du maître de maison, elle tourna doucement la poignée avant même de réfléchir. La porte était verrouillée de l'autre côté. Un sourire sarcastique étira ses lèvres. Marc Derenz avait pris ses précautions ! S'il s'imaginait devoir lui rappeler que son rôle n'incluait aucune intimité, le moment était idéal pour lui montrer qu'elle n'avait nul besoin d'un tel avertissement !

Comme elle saisissait la targette pour la fermer de son côté, la porte s'ouvrit brusquement.

— Que venez-vous faire dans ma chambre ? demanda-t-elle en se trouvant face à Marc.

— C'est à moi de vous poser la question : vous venez d'essayer d'entrer dans la mienne !

— Ce n'était pas mon intention, j'ai simplement essayé de regarder sur quoi donnait cette porte, mais comme vous l'aviez verrouillée, je m'apprêtais à en faire autant.

— Eh bien, votre curiosité est désormais satisfaite, répliqua-t-il d'un ton narquois. Cela dit, vous avez eu là une heureuse initiative car je désire vous parler.

Puis, sans attendre son invitation, il pénétra dans

la pièce. Tara le suivit. Consciente soudain d'être si peu couverte alors qu'il était encore habillé, elle se sentit vulnérable. Il avait cependant ôté sa veste et desserré sa cravate, et elle remarqua la barbe naissante qui ombrait sa mâchoire. Pourquoi fallait-il qu'il soit si séduisant malgré son air bougon et son manque de civilité à son égard ?

Comme il laissait son regard glisser sur elle, Tara mit un bras devant sa poitrine, faisant mine de remettre une bretelle en place tant cette inspection à peine dissimulée la troublait.

— Que souhaitiez-vous me dire ?

— Je viens de discuter avec Bernhardt, le fils de Hans, afin qu'il persuade son père de venir au plus tôt car je ne veux pas de Celine seule chez moi.

— Ma présence ne suffit donc pas à vous protéger ?

Marc lui lança un regard assassin et, ignorant son interruption, poursuivit :

— Dieu merci, tout est arrangé. Bernhardt comprend parfaitement la situation car, ainsi que je vous l'ai déjà dit, il déteste sa belle-mère en qui il voit clair. Il remplacera donc son père à la réunion du conseil d'administration afin que ce dernier puisse nous rejoindre demain soir.

— Donc nous ne devrons accompagner Celine dans ses visites qu'une seule journée ? demanda Tara, soulagée de constater que la venue de Marc dans sa chambre n'avait pas pour objet de la réprimander sur son attitude dans le salon et, soucieuse de faire preuve de bonne volonté, elle ajouta : je peux aller faire les visites prévues demain seule avec elle si cela vous arrange.

— Je vous remercie, mais je dois à mon ami de m'occuper de sa femme jusqu'à son arrivée. Après aussi, j'imagine, pour éviter que, par défi, elle lui impose une monstruosité hors de prix !

Face à la mine exaspérée de Marc, Tara sourit.

— Elle me semble en effet capable de choisir ce qu'il y a de plus tape-à-l'œil.

— Il y a de grandes chances..., soupira Marc avant de murmurer comme pour lui-même : pourquoi diable Hans a-t-il épousé cette maudite femme ?

— Probablement parce qu'elle est jolie, quoique trop artificielle et précieuse à mon goût, mais votre ami doit aimer cela.

— Non, Hans n'est pas du style à aimer les femmes trophées.

— En êtes-vous sûr ? Les hommes sont fiers d'avoir une compagne que les autres leur envient.

— Parlez-vous par expérience ?

— Le monde dans lequel j'évolue regorge de tels exemples. Beaucoup choisissent de s'exhiber avec des mannequins comme preuve de leur succès.

Contrairement à Jules, songea-t-elle tout en espérant n'avoir pas trahi son amertume avec une telle remarque, Marc n'avait nul besoin de s'afficher avec un mannequin. Avec son physique et sa fortune, il n'avait rien à prouver !

— Faut-il les en blâmer ?

Tandis qu'elle restait sans voix, se demandant s'il attendait de l'entendre porter un jugement moral, Tara vit Marc Derenz s'avancer jusqu'à n'être plus qu'à quelques centimètres d'elle, la fixant de son regard sombre qui avait soudain perdu toute sa dureté. Il leva alors la main et lui caressa la joue d'un doigt, s'arrêtant sur sa bouche. Elle sentit son pouls s'accélérer, des frissons lui parcourir la peau et ses jambes faiblir, rendant tout mouvement impossible.

— Pourquoi êtes-vous si belle ? murmura-t-il tout

en posant l'autre main sur sa nuque. Pourquoi suis-je incapable de vous résister ?

Le cœur battant à tout rompre, Tara retint son souffle, ferma les yeux, puis elle entrouvrit les lèvres sous la bouche de Marc. Comme il approfondissait son baiser, et plaquait sa paume brûlante au creux de ses reins, elle lâcha la bretelle de sa nuisette pour l'enlacer. Une nuée de sensations parcourut son corps pour se nicher au cœur de sa féminité. Grisée par la douceur de ses lèvres expertes et le parfum subtil de sa peau, elle abandonna toute retenue, répondit avec ardeur à son baiser, et elle se laissait aller contre son torse ferme lorsqu'il s'écarta brusquement d'elle.

De surprise, Tara tituba.

— Cela n'aurait jamais dû arriver, déclara Marc d'un ton tranchant tout en la retenant.

Elle recula comme sous l'effet d'une gifle et, croisant son regard devenu glacial, reprit brusquement conscience de la réalité. Comment pouvait-il se montrer si dur après l'avoir séduite ?

Mais le temps qu'elle se pose cette question, il avait déjà tourné les talons. Dans la seconde suivante, il claqua la porte reliant leurs chambres. Elle entendit ensuite le verrou cliqueter.

Tara s'assit lentement sur son lit, consternée. Sans la volte-face subite de Marc, elle se serait sans aucun doute donnée à lui…

Furieux d'avoir abandonné toute maîtrise, Marc descendit quatre à quatre l'escalier pour rejoindre son bureau. Il ne pouvait cependant s'en prendre qu'à lui-même. Avertir Tara de l'arrivée de Hans Neuberger n'était qu'un piètre prétexte. Il aurait pu se contenter de lui faire passer un message afin de l'en informer. Mais non, il avait fallu qu'il passe outre ses résolutions et saisisse la première occasion de se rapprocher d'elle !

À quoi bon s'être retranché toute la soirée derrière un air bougon, s'être retenu de la regarder afin de tenter d'enrayer son désir depuis l'instant où il l'avait vue descendre majestueusement l'escalier, si c'était pour céder à une impulsion ?

Pourtant, il ne songeait encore qu'au baiser qu'ils venaient d'échanger.

Malgré son allure distante et froide, Tara Mackenzie était une femme au tempérament passionné, mais il n'en découvrirait malheureusement jamais la profondeur…

Il repoussa les regrets qui l'assaillaient et alluma son ordinateur.

Les marchés du Sud-Est asiatique allaient bientôt ouvrir, aussi allait-il les étudier jusqu'à ce que la fatigue ait raison de ses sens en ébullition, et ensuite il se coucherait seul.

Oui, tout seul, et jamais il ne commettrait à nouveau une telle folie.

5.

Dans le jardin de la villa, Tara écoutait distraitement les commentaires de l'agent immobilier. C'était la seconde propriété qu'ils visitaient et elle en avait déjà assez des airs hautains de Celine qui l'ignorait ostensiblement depuis le matin, ne témoignant d'intérêt qu'au séduisant Marc Derenz.

L'espace d'un instant, elle le plaignit de ne pouvoir envoyer au diable la femme de son ami puis, se souvenant de la manière dont il l'avait traitée la veille, décida de le laisser se débrouiller.

Cela n'aurait jamais dû arriver.

Après tout, c'était lui qui avait fait le premier pas. Quel toupet ! Tara en était encore toute retournée d'indignation, mais ce qui la choquait le plus était son propre comportement. Non contente de se laisser faire, elle avait répondu avec fougue à son baiser. Qui sait ce qui serait arrivé s'il n'y avait pas mis un terme ! En attendant, dès le petit déjeuner, il avait affiché son air bougon de la veille comme si rien ne s'était passé entre eux.

Eh bien, s'il croyait devoir lui battre froid pour la tenir à distance, il se trompait. Peu importait son attitude, il pouvait même mettre un genou à terre, jamais elle ne retomberait dans ses bras. Encore quelques jours à jouer son rôle et elle rentrerait à Londres, prête à entamer les travaux dans son cottage, loin de cet homme arrogant qui s'imaginait que toutes les femmes lui couraient après.

Songer à sa mission lui rappela qu'il était temps de faire un effort sous peine de la voir se terminer à peine commencée.

— Avez-vous remarqué que quatre des chambres n'ont pas de balcon ? demanda-t-elle à Celine. Est-ce acceptable à vos yeux ?

L'ignorant, la jeune femme se tourna vers Marc.

— Qu'en penses-tu, mon chéri, est-ce un problème si ces chambres n'ont pas de balcon ?

— A priori, non, répondit-il avant de jeter un coup d'œil à sa montre et d'ajouter : comme il est déjà midi, nous ferions mieux de faire une pause déjeuner.

Tara eut envie de sourire en constatant que Marc semblait avoir atteint les limites de sa patience. Ni son indifférence ni sa mauvaise humeur évidente ne découragèrent pourtant Celine qui s'exclama joyeusement :

— Excellente idée ! Où as-tu prévu de m'emmener ?

Et une fois de plus, elle agit comme si je n'existais pas !

Sans prendre la peine de lui répondre, Marc les escorta jusqu'à sa limousine.

Pendant tout le repas dans un restaurant huppé de Nice, Celine redoubla d'attentions envers lui, ne ratant pas une occasion de poser sa main aux ongles écarlates trop longs sur son bras, lui parla d'un ton intime et lui lança des regards langoureux. En vain car cela ne le dérida nullement. Pourtant, ce comportement aurait dû l'amuser, tout comme d'ailleurs le ridicule de la situation !

Malgré les efforts manifestes de la jeune femme pour l'écarter de la conversation, Tara s'obstinait à y participer. Après tout, elle était payée pour l'empêcher de parvenir à ses fins.

Tandis que Celine interpellait un serveur pour se plaindre de la cuisson de son poisson, Tara soupira discrètement en lançant un coup d'œil en coulisse à Marc qui daigna lui renvoyer un regard résigné. L'espace d'une seconde, elle vit pourtant une lueur espiègle traverser ses yeux. Grands dieux, l'homme avait donc le sens de l'humour sous sa carapace de froid sérieux !

Le déjeuner achevé, Celine voulut aller à Monte-Carlo.

— Puis-je te rappeler que tu as pris un rendez-vous avec un autre agent immobilier ? répliqua Marc sans dissimuler sa contrariété.

— Aucune importance, je vais l'annuler. Les visites de ce matin m'ont épuisée et j'estime avoir le droit de me détendre. J'ai d'ailleurs terriblement envie de faire un peu de shopping. Cesse donc de jouer les rabat-joie, chéri.

Stupéfaite par le sans-gêne dont faisait preuve la jeune femme, Tara était cependant ravie de ce changement de programme qui lui donnerait l'occasion de voir la principauté dont elle avait tant entendu parler.

Tandis qu'ils déambulaient devant le célèbre casino, Marc déclara d'un ton méprisant :

— Voici l'endroit où les idiots vont perdre leur argent.

— Ainsi parle le sérieux banquier ! répliqua Tara en riant. En attendant, certains en sortent milliardaires.

— Une minorité, et ce au détriment des perdants, certainement pas à celui de l'établissement. Il n'y a pas d'argent facile dans ce monde.

— À moins d'épouser un homme fortuné. Cela reste le moyen le plus rapide d'en obtenir, dit Tara.

Mais son allusion fut perdue pour Celine dont l'attention se portait exclusivement sur le luxueux centre commercial de l'autre côté de la rue. Comme cette dernière s'apprêtait à traverser, Tara remarqua le froncement de sourcils de Marc qu'elle attribua à une hantise toute masculine à la perspective de faire les boutiques avec deux femmes.

Sur une impulsion, elle lui prit le bras et s'appuya contre lui tout en murmurant :

— Allons, courage, ce n'est qu'un moment difficile à passer !

Marc se dégagea brusquement pour emboîter le pas à Celine. Le message était clair : aucun contact physique autre que ceux absolument nécessaires à son rôle n'était autorisé, même pour essayer de le détendre. Peu désireuse d'essuyer une nouvelle rebuffade, Tara se jura de s'en souvenir et se hâta de les rattraper.

Lorsqu'elle pénétra dans le centre commercial à leur suite, sa bonne humeur avait disparu, laissant place à un profond sentiment de vulnérabilité.

Tara et Celine prenaient un apéritif en attendant le retour de Marc parti envoyer un e-mail dans son bureau lorsque la porte du salon s'ouvrit sur un homme d'âge moyen.

— Te voilà donc, Hans, dit Celine tandis que son époux s'avançait pour l'embrasser.

— Oui, je suis désolé d'arriver si tard, mais j'avais un dossier à régler avant de prendre l'avion.

Sa femme lui rendit son baiser du bout des lèvres avant de se renfoncer dans son siège. Tara fut peinée de la voir lui offrir un accueil aussi froid, mais, déjà, il se tournait vers elle.

— *Fräulein* Mackenzie, j'imagine… Je suis très heureux de faire votre connaissance.

Le sourire chaleureux et la poignée de main franche de Hans Neuberger plurent d'emblée à Tara. Cet homme était beaucoup plus agréable qu'elle ne l'avait imaginé. Face à son allure simple et son visage respirant la bonté, elle se demanda ce qui avait pu le pousser à épouser une femme d'au moins vingt ans sa cadette, exigeante, capricieuse et sans classe, sans omettre son côté volage ! Une grande tristesse, ou la solitude à la suite de son veuvage, songea-t-elle en se remémorant les paroles de Marc.

— Tout le plaisir est pour moi, *Herr* Neuberger.

— Je vous en prie, appelez-moi Hans.

— Uniquement si vous m'appelez Tara, répliqua-t-elle spontanément, le trouvant de plus en plus sympathique.

— Hans, mon ami ! s'exclama alors Marc en entrant d'un pas vif dans la pièce. Comme je suis content que tu aies pu te libérer !

Tara le regarda, stupéfaite de sa mine réjouie. L'homme savait donc sourire ! Cela lui allait vraiment bien, son visage en était transformé. Après n'avoir été confrontée jusque-là qu'à diverses expressions faciales contrariées, impatientes, sévères ou même sardoniques, elle se prit à espérer être un jour gratifiée d'une si belle spontanéité. Mais c'était là un vœu pieux…

Réalisant soudain qu'il lui était déjà difficile de gérer ses émotions face à lui, elle songea que ce serait encore pire s'il s'avérait aimable.

Au cours du dîner, Celine se montra particulièrement désagréable envers son mari. Constatant combien il semblait peiné de ses remarques et de la manière dont elle l'écartait de sa conversation avec Marc, Tara décida de divertir le pauvre homme.

— Marc m'a dit que le siège de votre société se

trouvait à Francfort. Je ne suis jamais allée dans cette ville, mais j'ai entendu parler de la foire du livre et je sais que Goethe y est né.

Le visage de Hans s'illumina aussitôt.

— En effet, nous le considérons comme notre enfant prodige et l'un des plus célèbres écrivains et poètes allemands. D'ailleurs, à ce propos…

— Pour l'amour du ciel, Hans, ne commence pas à nous ennuyer avec ton sacro-saint amour de la poésie ! l'interrompit Celine sèchement. Cela ne nous intéresse pas le moins du monde.

Hans resta bouche bée. Choquée de la méchanceté de sa femme, Tara eut pitié de lui et vola à son secours.

— En fait, j'ai fait des études de littérature anglaise, mais j'ai beaucoup lu les auteurs allemands. Je serais ravie d'approfondir mes connaissances sur eux.

— À propos d'université, ta jeune Trudie a-t-elle déjà obtenu son doctorat ? intervint Marc.

Comme Hans lui répondait, Tara croisa le regard de Marc, heureuse d'y lire une approbation. Il était donc content qu'elle ait aidé son ami… Cela lui mit du baume au cœur. Dès que les deux hommes eurent fini de discuter, elle ramena la conversation sur la littérature, comparant les auteurs romantiques allemands avec ceux de la même époque en Angleterre. Marc apporta sa contribution à leur échange, et elle fut agréablement surprise de découvrir sa connaissance étendue des écrivains et poètes français.

Celine en revanche se retrancha dans le silence. Tara se demanda si son mutisme était dû au fait de se retrouver à l'écart de la conversation ou au plaisir évident de son mari de discuter de ses auteurs favoris. Quelle qu'en soit la raison, il était clair qu'elle n'avait pas l'intention de laisser l'arrivée de ce dernier contrecarrer ses plans concernant Marc qui resta durant tout le dîner l'objet exclusif de son attention.

Le lendemain, après les visites programmées pendant lesquelles elle poursuivit son petit jeu de séduction sans la moindre honte, Celine les entraîna tous à Cannes afin de faire les boutiques sur la Croisette. Tandis qu'elle se pavanait devant un miroir, Tara murmura à Marc :

— Celine est la femme la plus fatigante que je connaisse. J'ai du mal à comprendre comment ce pauvre Hans arrive à la supporter !

— Le terme est faible. Exténuante est plus juste, mais encore en dessous de la réalité. De plus, c'est une véritable sangsue ! Hans est bien trop bon avec elle.

— N'est-il pas conscient de sa vraie nature ?

— Les hommes se font facilement berner par les croqueuses de diamants, répliqua Marc d'un ton soudain sec.

Tara se demanda un instant si Marc faisait allusion à une mésaventure personnelle, mais cela lui sembla impossible. Il était bien trop lucide pour se laisser manipuler.

— Marc chéri ! s'exclama alors Celine de sa voix perçante. Toi qui as si bon goût, donne-moi ton avis. Devrais-je acheter ce sac ?

— C'est à Hans qu'il faut poser la question.

— Tu sais bien qu'il est ignare en matière de mode !

Choquée de voir le pauvre homme à nouveau l'objet de sa grossièreté et de son dédain, Tara saisit une pochette scintillante de strass sur une étagère et déclara moins pour le bénéfice de la jeune femme que pour atténuer le calvaire de son infortuné mari :

— Celui-ci vous correspond beaucoup mieux.

Celine sembla hésiter entre refuser toute suggestion venant d'elle et l'attrait du petit sac doré. Le dernier triompha et elle le lui prit des mains.

— En plus d'être une sangsue, c'est une vraie pie : tout ce qui brille l'attire ! murmura Tara à Marc.

Elle eut le temps de voir un sourire furtif étirer ses lèvres avant qu'il reprenne son air sérieux. Sa remarque eut toutefois l'avantage de conclure la vente, mettant ainsi fin à leur virée de shopping.

Celine leur fit cependant la tête pendant le retour à la villa car, malgré toutes ses cajoleries, Marc avait fermement refusé d'aller passer la soirée au casino de Monte-Carlo. L'offre de son mari de l'y escorter ayant bien entendu reçu un accueil méprisant, tous durent endurer ses remarques acerbes accompagnées de jérémiades tout au long du dîner.

Par chance, un appel téléphonique ramena sa bonne humeur tandis qu'ils prenaient le café dans le salon.

— C'étaient les Astaris. Ils sont sur leur yacht à Cannes et nous invitent à une soirée qu'ils donnent demain. Une véritable aubaine, je commençais à trouver la vie ici bien monotone.

Fronçant alors les sourcils, elle ajouta :

— Mais, j'y songe, je n'ai pas pris de tenue assez habillée… Sois un amour, Marc, et accompagne-moi à Monte-Carlo demain. Tara se fera certainement un plaisir de se reposer et de discuter poésie avec Hans.

Son stratagème si flagrant pour les écarter ne fonctionna pas et tous quatre prirent la route pour Monaco le lendemain matin. Celine demanda d'emblée les services d'une assistante personnelle de shopping. Tara attendit donc avec les deux hommes dans un salon particulier. Elle ne sut si ce nouveau caprice était destiné à éviter ses conseils ou dû au fait que la jeune femme avait compris ne pas pouvoir compter sur l'aide de Marc, mais peu importait. L'essentiel était d'être libérée un moment de sa compagnie si pesante.

La personne se montra extrêmement professionnelle

car, peu de temps après, toutes deux revinrent avec une robe longue qui coûta une fortune à Hans. Celine insista ensuite pour aller déjeuner dans le restaurant de l'hôtel le plus renommé de la principauté. Là, après s'être extasiée sur les yachts luxueux ancrés dans le port en contrebas sans obtenir de réactions de la part de son mari, elle entreprit de le convaincre d'en acheter un similaire.

Prise de pitié pour le pauvre homme qui, visiblement, n'avait aucune envie d'accéder à ce nouveau désir aussi dispendieux qu'inutile, Tara interrompit l'énoncé des arguments de sa femme pour demander :

— Hormis le casino, les boutiques de luxe et les bateaux, qu'y a-t-il d'intéressant à voir ici ?

— Le jardin botanique est mondialement connu, répondit aussitôt Hans avec un sourire heureux.

— Avons-nous le temps de le visiter ?

— Quelle excellente idée ! s'exclama Celine avant d'apostropher son mari. Hans, accompagne Tara voir ce jardin et, avec Marc, je…

— Tu n'as plus envie de rencontrer des courtiers en vente de bateaux ? l'interrompit Marc, visiblement peu désireux de savoir ce qu'elle avait prévu de faire avec lui.

Prise à son propre piège, elle envoya Hans demander au concierge de l'hôtel le nom du meilleur courtier de la principauté. À peine son mari parti, elle posa une main sur le bras de Marc.

— Un yacht est absolument essentiel de nos jours. Je t'en prie, mon chéri, aide-moi à persuader Hans.

Tara fut stupéfaite. Cette femme ne manquait pas de toupet et, qui plus est, elle n'avait aucun sens du ridicule ! Tout en serrant le bras de Marc de sa main aux ongles écarlates, Celine avait approché son visage trop maquillé de lui et le dévorait des yeux sans aucune retenue. Incapable d'en supporter davantage, elle l'interpella, avec un sourire certes, mais d'un ton à la froideur ferme :

— Celine, vous allez peut-être me trouver vieux jeu, mais je souhaiterais que vous ôtiez votre main du bras de Marc.

— Comme vous êtes possessive ! rétorqua la jeune femme, narquoise. À vous entendre, on croirait que vous avez des vues sur lui, ma parole !

Bien plus touchée par cette raillerie qu'elle ne l'aurait imaginé, Tara cherchait comment riposter lorsque Marc lui prit le poignet, le retourna et déposa un baiser à l'intérieur. Saisie de frissons, elle se mordilla la lèvre.

— J'espère de tout cœur que Tara a des vues sur moi, déclara-t-il alors d'une voix très douce en la regardant droit dans les yeux. Et qu'elle est très possessive car je le suis terriblement en ce qui la concerne !

Tara soutint son regard. Elle se demandait si outre le message destiné à Celine il lui en transmettait un très personnel lorsqu'il entrelaça ses doigts aux siens et lui sourit d'un air tout à la fois très tendre et… possessif !

— Tu es donc la première à apprendre cette nouvelle, Celine : Tara est ma fiancée.

— Ne sois pas absurde ! s'exclama la jeune femme.

Son dédain affiché blessa si fort Tara qu'elle en oublia le rôle censé être le sien et, surtout, l'avertissement de Marc concernant l'interdiction de contacts physiques inutiles. Si Celine voulait une preuve du sérieux de cette annonce, elle se faisait une joie de la lui offrir !

Lui adressant un sourire moqueur, elle se pencha vers son soi-disant amant, et posa les lèvres sur les siennes. Il répondit si spontanément à son baiser qu'elle en oublia l'endroit dans lequel ils se trouvaient, et lui abandonna longuement sa bouche, se délectant de la douceur de leur intimité retrouvée.

Lorsqu'ils se séparèrent, elle se tourna vers Celine, le cœur battant encore à tout rompre, décidée à poursuivre le rôle qui lui avait été dévolu.

— Nous souhaitions garder nos fiançailles secrètes, aussi, je vous en prie, ne dites encore rien à Hans. Marc préfère l'en avertir lui-même avant que nous l'annoncions officiellement.

Malheureusement pour lui, Hans choisit ce moment pour revenir à leur table. Comme, fier du succès de sa mission, il transmettait le nom d'un courtier en vente de yachts fourni par le concierge, sa femme l'interrompit sèchement.

— Eh bien, il t'en a fallu du temps pour obtenir un renseignement aussi simple ! Allons-y, maintenant, nous n'avons pas que ça à faire. Au cas où tu l'aurais oublié, nous devons nous préparer pour la soirée des Astaris.

Son expression méprisante avait laissé place à une autre beaucoup plus dangereuse : la hargne.

Tara lança un coup d'œil furtif à l'homme qu'elle venait d'embrasser avec tant de passion.

Mais le visage de Marc trahissait lui aussi la colère...

6.

Marc enfila son smoking puis se donna un coup de peigne. Il était à cran depuis le déjeuner à Monte-Carlo et il se demandait encore quelle lubie l'avait poussé à dire à Celine qu'il était fiancé. Un moment de folie très certainement car il aurait pu trouver un moyen moins radical pour se débarrasser de cette odieuse femme !

Même en s'entendant faire sa déclaration, il avait été horrifié ! Cela ne l'avait pourtant pas empêché de répondre avec ardeur au baiser de Tara… Baiser qui l'avait tant troublé qu'il en était resté sans voix. Par chance, cette dernière avait eu la présence d'esprit de demander à Celine de garder le secret !

Si ces fiançailles étaient du domaine de la fiction, son désir en revanche était bien réel… Mais totalement inapproprié. Tara Mackenzie appartenait à un monde à l'opposé du sien et, qui plus est, était son employée. Il était donc hors de question de céder à ses pulsions, aussi intenses soient-elles.

Après avoir quitté le restaurant, et malgré son envie de s'éclipser avec Tara afin de mettre immédiatement les choses au clair, il avait dû prêter main-forte à Hans pour l'empêcher de céder aux supplications de sa détestable épouse qui voulait lui faire commander un yacht sur-le-champ. Ensuite, dès leur arrivée à la villa, pris par le temps, tous s'étaient empressés d'aller se préparer. À présent que le moment de partir à la soirée approchait, il allait devoir expliquer à Tara que, à bout de patience et exaspéré par l'attitude de Celine, il avait agi sur une impulsion.

Si seulement cette jeune femme ne l'attirait pas autant…

Marc prit une profonde inspiration puis frappa discrètement à la porte de la chambre contiguë avant d'entrer. Assise devant sa coiffeuse, Tara appliquait du rouge à lèvres. Il ne put s'empêcher de remarquer combien le cadre élégant de cette pièce, avec ses meubles délicats et ses peintures, toutes des œuvres d'artistes renommés des années 1930, lui convenait à la perfection.

Oui, mais son séjour ici est provisoire et tu ferais bien de t'en souvenir.

Comme il traversait la pièce, elle se leva. Sa robe longue en soie moirée vert émeraude moulait son corps parfait. Ses cheveux cascadaient autour de ses épaules en boucles souples dont le châtain prenait des reflets auburn sous la lumière. Elle était tout simplement superbe.

— Je vois que vous êtes prête… Cependant, avant de descendre, je souhaite vous parler.

Tara leva aussitôt le menton et le défia du regard.

— Inutile de prendre un ton si sévère ! Je sais que je n'aurais pas dû vous embrasser, mais…

— En effet, ce n'était absolument pas nécessaire ! rétorqua-t-il.

— Vous croyez cela ! Vous veniez de déclarer de but en blanc que nous étions fiancés après avoir déposé un baiser au creux de mon poignet, alors que, soit dit en passant, je vous avais demandé de vous abstenir de telles démonstrations d'affection, et vous vous étonnez de ma réaction ? Je n'avais pas d'autre choix que suivre votre exemple afin de rendre votre annonce plausible. Soyez réaliste, Celine venait de la qualifier d'absurde !

— Eh bien, vous avez réussi ! C'était tellement réaliste que Celine en est restée bouche bée. Rappelez-vous toutefois qu'il s'agit d'une comédie pour son seul bénéfice. Nous ne sommes pas fiancés et ne le serons jamais. Aussi n'allez pas vous faire des idées. Est-ce compris ?

— Parfaitement !

Marc regarda Tara qui, visiblement, réprimait une intense envie d'exprimer son indignation. Elle était si belle, ses yeux lançant des éclairs tandis que sa poitrine se soulevait au rythme rapide de sa respiration, qu'il dut se faire violence pour ne pas la prendre dans ses bras et embrasser ses lèvres si pulpeuses. À vrai dire, il n'était pas très fier du tour qu'avait pris leur conversation. Au lieu d'expliquer calmement la situation ainsi qu'il l'avait prévu, il avait d'emblée agressé Tara. Pas étonnant qu'elle se soit défendue ! Sa simple vue ayant atténué sa mauvaise humeur, il tenta de se rattraper.

— Je suis heureux que nous nous comprenions. Cela dit, je reconnais m'être éloigné du scénario initial avec cette annonce inattendue. Nous avons tous deux agi sur une impulsion et la vôtre a renforcé la crédibilité de mes dires. Dieu merci, Celine est maintenant persuadée que nous sommes fiancés, mais je tiens à ce que son mari n'en entende pas parler.

Comme Tara se contentait de hocher la tête, il jeta un coup d'œil à sa montre avant d'ajouter :

— Il est temps d'aller rejoindre nos invités. Je suis désolé de vous imposer cette soirée qui sera sûrement un calvaire étant donné que les amis de Celine lui ressemblent, mais nous n'avons pas le choix.

Dans l'espoir de l'amadouer, il lui tendit la main. Tara l'ignora et se dirigea vers la porte.

— Laissez donc libre cours à votre joie, murmura-t-il pendant qu'ils descendaient l'escalier. Vous êtes ma fiancée secrète.

Sa tentative de réconciliation échoua. Tara, peu sensible à son humour, esquissa un sourire, mais son regard resta glacial.

À leur entrée dans le salon, Hans les accueillit aimablement comme à son habitude, complimentant Tara sur sa tenue. Sa femme en revanche la toisa avec une animosité plus intense encore que celle affichée depuis leur première rencontre. Si Celine avait enfin perdu tout espoir de le séduire, peu importait sa mine revêche, songea Marc tout en constatant que sa robe en lamé doré était trop voyante et son maquillage trop appuyé. Malgré son antipathie pour elle, il eut de la peine pour son ami qui, ayant toujours eu des goûts classiques et discrets, n'osait probablement pas lui prodiguer le moindre conseil au sujet de ses vêtements.

Visiblement gêné de l'impolitesse de son épouse, Hans entretint la conversation durant le trajet jusqu'au yacht. À leur arrivée, la soirée battait déjà son plein. Le bateau, illuminé comme un arbre de Noël, était visible de loin et une musique tonitruante les accueillit. Quant aux invités, ils faisaient partie la clique habituelle de Celine, des gens snobs qui arboraient vêtements de prix et bijoux avec ostentation, fiers de leur récente richesse. Cette dernière d'ailleurs délaissa aussitôt son mari et rejoignit ses amis sans même daigner faire de présentations.

Marc fit de son mieux pour distraire Hans afin de lui éviter la vue de sa femme qui flirtait ouvertement sur la piste de danse et vidait les flûtes de champagne comme s'il s'agissait de verres d'eau. Tout en discutant affaires, il était cruellement conscient de la présence silencieuse de Tara à son côté. L'envie le taraudait de la regarder, voire d'établir un contact physique entre eux, et y résister devenait de plus en plus difficile, surtout lorsque, au hasard des déplacements des invités, son bras ou sa hanche le frôlaient. Il se demandait si cette faiblesse était due au champagne qu'il venait de boire ou au rythme langoureux de la musique lorsque Celine revint et le tira par la main.

— Viens danser avec moi, Marc chéri.

Il se dégagea d'un geste sec.

— Demande plutôt à Hans. J'étais sur le point d'inviter Tara.

Ces mots à peine prononcés, il les regretta. Partager l'intimité d'une danse avec sa soi-disant fiancée allait être un supplice, mais il était trop tard. Aucun d'eux ne pouvait s'y soustraire, à présent. Il lui saisit alors le bras et lui lança un regard la dissuadant de refuser.

— Viens, mon ange, nous n'avons que trop attendu.

Et sans attendre sa réponse, il l'entraîna sur la piste. Dès qu'il lui posa les mains sur les hanches, il la sentit se raidir imperceptiblement avant d'enrouler les bras autour de son cou. Ils évoluèrent un instant en silence au rythme doux de la musique, et malgré la légère distance qui les séparait, la sensation de son corps si proche lui enflamma les sens. Sur une impulsion, il se pencha vers elle tout en murmurant avec un léger sourire :

— Nous allons devoir faire un effort car Celine nous regarde. C'est le moment de faire preuve de toute la passion dont vous êtes capable, *mon ange*.

Un éclair traversa les yeux de Tara. Visiblement, elle avait compris, à son choix de mots, qu'il la défiait. Il soutint son regard, envahi d'une soudaine certitude : malgré sa froideur affichée, seul le désir qu'elle éprouvait pour lui l'empêchait de se prêter au jeu ! Cela lui procura une satisfaction perverse. Si elle n'en était pas encore consciente, il allait l'aider à ouvrir les yeux. Loin d'être un devoir, la séduire devenait un plaisir qui présentait l'avantage supplémentaire de convaincre plus encore Celine de la véracité de leur engagement.

Se rapprochant de Tara, il lui posa une main au creux des reins. Il la sentit résister, mais un frisson l'avait trahie, tout comme son regard soudain voilé, et dans la seconde suivante, elle s'abandonna contre lui.

Au moment où sa poitrine lui frôlait le torse, il pressa les hanches contre les siennes tout en glissant une cuisse entre ses jambes pour la guider. Elle leva aussitôt les yeux vers lui, entrouvrant les lèvres sur un léger soupir. Elle avait donc compris qu'il ne jouait aucun rôle en cet instant, mais ne le repoussait pas…

Marc la fixa en silence, éprouvant un intense soulagement à la vue de ses pupilles qui s'élargissaient, réalisant alors qu'il avait appréhendé sa réaction. Son cœur se mit à battre à tout rompre. Il désirait cette femme comme aucune autre auparavant et elle le désirait tout autant…

Oubliant le lieu où ils se trouvaient, ainsi que Celine et Hans, il inclina lentement la tête et lui effleurait les lèvres, tout à la joie du plaisir qui l'attendait, lorsqu'elle se raidit puis laissa retomber ses bras.

— La musique s'est arrêtée.

Marc la fixa, l'esprit soudain vide, mais déjà elle lui ôtait la main qu'il avait posée dans son dos et poursuivait :

— Si vous vous permettez une fois de plus ce genre de contact, je…

Semblant à court de mots, elle lui lança un regard noir avant de quitter la piste de danse. Il la vit saisir au passage une coupe de champagne sur le plateau d'un serveur et la vider d'un trait.

— Une querelle d'amoureux ? demanda Celine, apparue soudainement à son côté.

Ignorant son ton méprisant à la fausse sympathie, Marc rejoignit Hans.

— Partons d'ici. J'en ai vraiment assez.

Sans attendre sa réponse, il fit signe aux deux jeunes femmes de les suivre.

Assis face à Tara à l'arrière de la limousine, Marc rongeait son frein, le corps encore en proie au désir qu'elle avait éveillé en lui. Que diable lui avait-il pris de lui offrir cette occasion de le repousser ? Et en public par-dessus le marché ! À présent, les jambes croisées sur le côté afin d'éviter tout contact avec les siennes, elle était enfermée dans un silence hostile. Si Hans avait la discrétion de regarder par la vitre, Celine, en revanche, ne dissimulait pas son intérêt.

Excédé, Marc ferma les yeux. Peu lui importait ce que cette peste pouvait penser. Après cette journée épuisante, et riche en émotions, une chose était certaine : il n'était pas près de trouver le sommeil.

Dès leur arrivée à la villa, déclinant la proposition de Celine de prendre un dernier verre, Tara rejoignit sa chambre. Marc échangea quelques mots avec Hans puis, dès son départ, il se dirigea vers son bureau pour échapper à Celine qui était déjà partie se servir à boire dans le petit salon.

Il poussait la porte de son sanctuaire lorsqu'il entendit sa voix derrière lui.

— Mon pauvre chéri !

Marc fit volte-face, furieux.

— Celine, je n'ai aucune envie de bavarder.

Un verre de whisky à la main, elle s'approcha, les yeux brillants, et le prit par la taille. Les effluves de son parfum trop sucré lui soulevèrent le cœur, la vue de ses seins débordant de son décolleté le révulsa tout comme la forte odeur d'alcool de son haleine. D'un geste sec, il la repoussa.

— Ça suffit, maintenant. Va te coucher, tu es ivre !

— Non, Marc, pas avant de t'avoir parlé..., lança-t-elle, pas le moins du monde découragée. Tu ne peux pas épouser cette femme. As-tu vu comment elle t'a traité ce soir ? Te rejeter devant tout le monde. Quelle honte. Renvoie-la à Londres, elle n'est pas faite pour toi !

— Tais-toi, tu ne sais pas de quoi tu parles !

Comme elle avançait à nouveau, il lui saisit les poignets pour la tenir à distance. Malgré cela, elle tenta de s'agripper à sa manche.

— C'est moi que tu veux Marc, je le sais. Je serai si gentille avec toi, laisse-moi te montrer.

— Tu es mariée, Celine, et à mon ami qui plus est. Alors, je t'en prie, arrête ce cinéma.

— Hans ! rétorqua-t-elle d'une voix méprisante. Il n'est rien pour moi ! Rien, tu m'entends ! Je n'aurais jamais dû accepter de l'épouser. Je le hais. Je ne supporte pas qu'il me touche. Il est vieux, pathétique, ennuyeux, et j'en passe ! Je veux le quitter, le voir sortir de ma vie à tout jamais et vivre avec toi !

Écœuré par la cruauté de ses propos et son visage déformé par la haine, Marc la repoussa de toutes ses forces.

— Tu es la dernière femme sur Terre susceptible de m'intéresser. Même si tu n'étais pas mariée à Hans, je ne voudrais pas de toi ! Va dormir, Celine ! J'espère que demain tu auras retrouvé tes esprits.

Il la vit tituber, mais tourna les talons, ferma la porte de son bureau et, pour plus de sécurité, la verrouilla. Peu lui importait que cette sangsue s'effondre et s'endorme à même le sol, il ne la supportait plus !

En proie à une extrême agitation, il se laissa tomber dans son fauteuil. En se jetant à sa tête de la sorte, Celine venait d'intensifier son tourment. La seule femme avec qui il souhaitait passer la nuit ne voulait pas de lui.

Dès son réveil, le souvenir de la soirée sur le yacht s'imposa à la mémoire de Tara. Au moment où Marc Derenz lui avait pris le bras pour la conduire sur la piste de danse, elle s'était sentie si vulnérable qu'afficher une attitude distante lui avait semblé le seul moyen de ne pas trahir son attirance pour lui. En vain, il l'avait devinée, tout comme elle avait pris conscience de son comportement soudain différent de celui qu'il adoptait à son égard depuis leur première rencontre : il ne jouait plus un rôle pour le bénéfice de Celine ! Pendant les quelques minutes de leur slow ensemble, leurs corps s'étaient frôlés, appelés, désirés…

Perturbée d'éprouver à nouveau les sensations ressenties la veille, Tara s'empressa de quitter son lit. Songer à ces instants de subtile sensualité était inutile. Même si leur complicité avait été bien réelle, Marc ne voyait en elle qu'une employée dont le devoir était de le protéger des avances de Celine. Céder à leur attirance serait source de déception. Un homme tel que lui ne s'intéressait qu'aux femmes de son milieu. Les autres ne pouvaient représenter qu'un jeu de séduction. Sa vie était en Angleterre et, très bientôt, grâce à lui, elle pourrait abandonner son métier pour s'installer dans la campagne anglaise…

Jusque-là, le plus difficile serait d'agir avec naturel en sa présence et de jouer son rôle de manière crédible sans laisser deviner son trouble bien trop réel chaque fois qu'ils avaient un contact physique.

Dans l'escalier, Tara remarqua le silence inhabituel qui régnait dans la maison. D'ordinaire, la voix aussi perçante qu'autoritaire de Celine résonnait dans la villa dès son lever. Ravie de ce moment de répit, elle traversa la pelouse pour rejoindre la pergola où était servi le petit déjeuner, et aperçut Marc, seul à table, en train de boire un café et de lire les journaux du matin. Surprise de l'absence de leurs invités, elle en oublia sa gêne de se retrouver seule avec lui après l'épisode délicat de la veille.

— Hans et Celine ne sont pas encore descendus ? demanda-t-elle avant de s'asseoir face à lui.

— Si, mais ils sont partis.

— Vous voulez dire qu'ils ont décidé de se passer de nous pour les visites ?

— Non, ils ont regagné Francfort à l'aube.

— Pour quelle raison ? Ils ne semblaient pas décidés à abréger leur séjour hier et ils devaient même aller revoir les bateaux à Monte-Carlo.

— En effet, mais il n'en est plus question. Ils sont rentrés en Allemagne pour divorcer !

Tara remarqua alors le changement qui s'était produit sur le visage de Marc : il souriait !

À cet instant, la gouvernante apporta une corbeille de croissants chauds et une cafetière fumante.

— Alors là, je suis stupéfaite ! s'exclama-t-elle, une fois l'employée repartie. Qu'est-ce qui a motivé ce revirement de situation ?

— C'est simple. Mon plan a fonctionné au-delà de mes espérances grâce à un tour du destin parfaitement inattendu. L'annonce de nos fiançailles suivie de votre comportement si convaincant a poussé Celine à une ultime tentative pour me séduire. Envoyant au diable toute prudence, elle s'est littéralement jetée sur moi et m'a déclaré sa flamme, me faisant part au passage du dégoût que lui inspirait son mari et de son désir de divorcer.

Tara resta bouche bée.

— Quand cela est-il arrivé ?

— Hier soir, peu de temps après que vous êtes montée vous coucher. Je lui ai bien sûr ôté tout espoir, mais j'ignorais que son mari, inquiet de la savoir ivre, avait préféré descendre la chercher. Il a donc entendu toute la conversation.

— Le pauvre homme n'a pas dû en croire ses oreilles !

— Oh ! si ! Il a enfin compris qui était réellement celle qu'il avait épousée et il a donc pris la décision de lui accorder le divorce qu'elle disait tant souhaiter.

— Malgré son côté tragique, ce dénouement est merveilleux ! s'exclama Tara. J'en suis vraiment heureuse pour lui.

— Pas autant que moi ! répliqua joyeusement Marc avant de se rembrunir. Hans devra se battre car Celine va s'efforcer de le mettre sur la paille, mais j'ai appelé ce matin son fils, Bernhardt, pour lui annoncer la bonne nouvelle. Il m'a assuré qu'il veillerait au grain et remercié de mon rôle dans cette affaire. À moi de vous remercier maintenant, Tara. Vous avez parfaitement joué votre rôle même si, j'en suis conscient, cela a été une épreuve pour vous. Heureusement, c'est terminé, à présent !

Marc marqua une légère pause, le temps de boire une gorgée de café, puis il se renfonça dans son fauteuil. Il semblait soudain si décontracté, joyeux même, la regardant avec une douceur inhabituelle, qu'elle eut l'impression de découvrir un homme nouveau. Ne sachant comme réagir face à ce changement, elle prit dans la corbeille un croissant qu'elle coupa en deux et beurra minutieusement afin de dissimuler son trouble.

— Alors, que désirez-vous faire maintenant que nous avons une journée entière devant nous ? reprit-il en souriant.

— Que voulez-vous dire ? demanda-t-elle, stupéfaite. Je dois regagner Londres puisque Celine et Hans sont partis.

— Pourquoi donc ?

— Ma mission est achevée, je n'ai plus de raison de rester, à présent.

— Pourquoi une telle hâte ? Après toute la peine que nous nous sommes donnée, nous méritons tous deux une récompense. Vous n'avez jusque-là vu de la région qu'une succession de maisons au luxe tapageur et les boutiques huppées si chères à Celine. N'avez-vous pas envie de découvrir les véritables joyaux de la Côte d'Azur ?

Cette offre était si inattendue que Tara en resta quelques secondes sans voix. Ce nouveau Marc Derenz était certes beaucoup plus séduisant que l'impressionnant et taciturne banquier, mais il était tout aussi dangereux, et plus encore lorsqu'il lui adressait ce sourire charmeur !

— Vous me prenez au dépourvu. Auriez-vous encore besoin de moi pour un jeu de rôle, par hasard ?

— Bien sûr que non ! Le départ de Celine a signé la fin de votre contrat. Je vous propose de célébrer notre réussite ainsi que leur divorce, et de profiter de votre présence en France pour jouer les touristes. Maintenant, si vous préférez rentrer, libre à vous, je m'en voudrais d'abuser de votre temps !

Amusée de son ton soudain exaspéré, Tara ne put s'empêcher de le provoquer.

— Voilà qui est mieux. La version améliorée de Marc Derenz était trop belle pour être vraie !

Il lui lança un regard noir avant de se détendre.

— Vous êtes douée pour me faire sortir de mes gonds.

— Avouez que c'est facile.

— En fait, je n'ai pas l'habitude d'être contredit.

— Vraiment ? Je ne l'aurais jamais deviné !

Cette fois, il éclata d'un rire franc qui réjouit Tara.

— Il semble que vous aimiez avoir le dernier mot, mais, trêve de plaisanteries, à cause de la présence de Celine, vous m'avez vu sous mon plus mauvais jour. Si cela peut vous rassurer, je ne suis pas en permanence un ours mal léché, je suis même capable d'être extrêmement gentil. Pourquoi ne pas prolonger votre séjour afin de découvrir ce côté de ma personnalité ?

À la perspective de passer quelques jours seule avec cet homme soudain si charmant, un florilège d'émotions fit palpiter le cœur de Tara. L'idée était très tentante… Un sursaut de sagesse la poussa cependant à tenter de savoir ce qu'il avait en tête car, à sa manière de la regarder, un léger sourire au coin des lèvres, ses intentions envers elle ne semblaient pas se limiter à lui servir de guide touristique.

— Pour être franche, Marc, jouer un rôle a été assez déroutant, aussi je…

— J'en suis conscient, l'interrompit-il, c'est pourquoi je souhaite lever toute confusion. Il ne s'agit plus de donner le change, mais d'être naturels l'un envers l'autre, et nous verrons ce qui se passera. Alors, je vous le demande une dernière fois : voulez-vous rester un peu plus longtemps en ma compagnie ?

Ses paroles avaient le mérite d'être claires, songea Tara. Visiblement lui aussi s'était pris au jeu et entendait à présent explorer leur attirance mutuelle. Elle hésita, tiraillée entre l'envie d'accepter et la peur de cet univers totalement inconnu où les sens prenaient le pas sur la raison.

Mais pourquoi se priver d'une expérience que son corps et son âme réclamaient si fort ? Elle n'avait jamais éprouvé un désir si intense et si spontané, et encore moins le besoin de s'ouvrir entièrement à un homme…

Se rendant compte qu'elle était en train d'émietter son croissant, elle le reposa dans son assiette puis leva les yeux vers Marc et hocha lentement la tête tandis qu'un frisson la parcourait tout entière.

Un sourire satisfait illumina le visage de Marc.

— Parfait, Tara, commenta-t-il en remplissant leurs tasses de café. Décidons à présent du programme de la journée.

7.

Marc conduisait lentement sa décapotable sur la route de la corniche, étrangement heureux d'avoir Tara assise à côté de lui. Quelques heures à peine s'étaient écoulées depuis l'arrivée impromptue de Hans dans sa chambre pour lui annoncer son départ. L'amertume de son ami n'avait cependant pas réussi à ternir son soulagement de ne plus avoir à supporter la compagnie de son odieuse femme. Le couple parti, il s'était empressé d'appeler Bernhardt pour se réjouir avec lui de la nouvelle.

Malgré le drame de la veille au soir, la journée avait donc commencé sous les meilleurs auspices. Le temps était radieux et Marc était certain d'avoir pris la bonne décision en demandant à Tara de rester. L'idée lui en était venue spontanément en la voyant arriver à la table du petit déjeuner, le poussant à envoyer au diable ses résolutions précédentes. Non seulement il la désirait depuis qu'il l'avait rencontrée, mais après l'avoir côtoyée quelques jours, il avait grand plaisir à être en sa présence.

Il lui jeta un coup d'œil, admirant son profil parfait. Elle était vêtue beaucoup plus simplement que les jours précédents d'un chemisier sans manches et d'un pantalon droit en toile qui moulait ses longues jambes fines. Ses cheveux étaient attachés en queue-de-cheval et son maquillage très léger. Il la trouva si belle qu'il dut se retenir de lui prendre la main. Rien ne pressait, ils étaient ensemble pour la journée et la nuit leur appartiendrait…

Peu importait que Tara ne soit pas de son monde, il avait trop envie d'elle pour laisser passer l'occasion de la séduire. Quelle que soit la durée de leur relation, il s'en contenterait.

Voyant une aire de stationnement, il y engagea sa voiture.

— Que pensez-vous de la vue ? demanda-t-il après avoir coupé le moteur.

— Elle est magnifique, mais c'est dommage que le littoral soit si construit.

— Oui, cette partie de la côte est victime de surdéveloppement. C'est pourquoi j'apprécie d'être au Cap Pierre. Là-bas, on a encore l'impression d'être sur la Côte d'Azur telle qu'elle était avant-guerre, au moment où la villa a été construite. Redescendons à présent, il est bientôt l'heure de déjeuner.

Une fois à table dans une petite auberge qu'il affectionnait, Marc expliqua à Tara l'origine de sa maison. Son arrière-grand-père avait acheté le terrain alors que la région était encore peu fréquentée.

— Il a employé les meilleurs ouvriers pour la bâtir et commandé chaque pièce de mobilier et de décoration aux menuisiers et artistes les plus renommés de l'époque. C'était un homme très sociable, extrêmement cultivé, qui organisait de nombreuses soirées auxquelles assistaient des peintres et écrivains célèbres, des réalisateurs de films ainsi que la communauté des Américains expatriés.

— Il a dû avoir une vie fascinante.

— En effet.

Marc lui raconta alors une série d'anecdotes relatives à son ancêtre et aux fêtes qu'il donnait.

— Quelle époque prestigieuse ! s'exclama Tara. Ses enfants ont continué à recevoir avec autant de faste ?

— Non, il n'a eu qu'un fils, mon grand-père, un homme beaucoup plus calme, tout comme mon père. Quand j'étais enfant, nous passions tous les étés ici. Hans, sa première femme et leurs enfants nous rejoignaient souvent, jusqu'à ce que mes parents soient tués…

Il s'arrêta brusquement, conscient d'avoir abordé un sujet dont il ne discutait pas d'ordinaire avec ses maîtresses.

— Tués ? demanda Tara sans dissimuler sa surprise.

— Ils ont perdu la vie ensemble au cours d'un accident d'hélicoptère quand j'avais vingt-trois ans.

— J'en suis désolée. Cela a dû être très difficile pour vous.

— Oui, répliqua Marc, incapable soudain de poursuivre.

Tara dut deviner sa peine car elle lui effleura la main par-dessus la table.

— Sans avoir vécu un tel drame, je peux comprendre votre souffrance. Mes parents sont tous les deux dans l'armée. Depuis mon enfance, ils occupent des postes à l'étranger et je crains toujours un appel m'annonçant qu'ils ne reviendront jamais.

Touché par cette confidence, Marc s'aperçut qu'il ne savait pratiquement rien d'elle et éprouva le besoin étonnant d'en apprendre davantage.

— Les suiviez-vous dans leurs différentes affectations ?

— Non. Ils m'ont envoyée en pension à l'âge de huit ans. Il m'arrivait d'aller les retrouver pendant les vacances dans leurs affectations les moins dangereuses, ou bien c'étaient eux qui rentraient en Angleterre me voir chez mes grands-parents. Nos rencontres étaient brèves et espacées, maintenant aussi, d'ailleurs. Nous nous entendons cependant très bien, même si nos rapports sont plutôt distants. Cela doit venir du fait que nous avons très peu vécu ensemble.

Comme elle buvait une gorgée de vin, Marc se demanda brusquement si elle aurait préféré qu'il l'emmène dans un restaurant plus huppé. Cela aurait été plus galant, songea-t-il, mais il appréciait la décontraction du lieu et Tara semblait heureuse. C'était tellement agréable de ne plus partager sa compagnie avec Hans et Celine, et plus encore de découvrir qui était réellement Tara.

Il s'apprêtait à lui poser d'autres questions sur son enfance lorsqu'elle le devança.

— Vous vous entendiez bien avec vos parents ?

— Oui, nous étions très proches, et leur disparition a été d'autant plus difficile. Heureusement, Hans et sa femme ont été très présents. Ils m'ont aidé à surmonter cette période si douloureuse. Hans m'a aussi soutenu lorsque j'ai dû remplacer mon père au pied levé à la tête de notre banque. Il m'a conseillé, guidé, et s'est assuré que je ne me laissais pas déposséder par les membres du conseil d'administration qui m'auraient volontiers écarté du pouvoir en raison de mon jeune âge.

— Je comprends à présent votre infaillible loyauté envers lui. J'espère qu'il va trouver le bonheur une fois son divorce prononcé. C'est un homme si doux et charmant. Pensez-vous qu'il va chercher à se remarier ?

— Ce serait bien pour lui mais, comme vous l'avez constaté, il est trop gentil, ce qui fait de lui une proie facile pour des femmes ambitieuses et peu scrupuleuses.

— En effet. Il lui faudrait une épouse à l'opposé de Celine, une personne qui l'apprécie à sa juste valeur et… aime la poésie romantique allemande !

Marc sourit à l'humour de cette précision, mais,

bien qu'heureux de savoir Hans libéré de sa femme, il n'avait pas envie de discuter de lui quand la seule personne dont il se souciait était Tara. Il cherchait un moyen de changer de sujet lorsque celle-ci saisit une tranche de pain dans la corbeille posée entre eux avant de s'exclamer :

— Vous n'avez pas idée à quel point j'adore ces baguettes françaises, sans parler des croissants au petit déjeuner !

— Vous ne craignez pas de mettre votre ligne en danger ? demanda-t-il en riant. J'ai entendu dire que les mannequins suivaient des régimes draconiens afin de conserver leur silhouette filiforme.

— C'est vrai, hélas, en raison des diktats de la mode. Certaines filles prennent des risques inconsidérés pour leur santé. Dieu merci, je n'ai pas de problème de ce côté-là et je compte d'ailleurs arrêter ce métier très bientôt. Je reconnais y avoir pris du plaisir, mais je n'ai rien fait d'autre depuis ma sortie de l'université qui puisse me qualifier pour une autre carrière. Alors, plutôt que de prendre un emploi de bureau aux horaires rigoureux, j'ai un rêve que mon séjour ici va me permettre de réaliser.

Marc allait lui demander duquel il s'agissait quand le propriétaire de l'auberge vint leur proposer la carte des desserts. Ils se contentèrent de commander du café et, dès le départ du patron, constatant à quelle vitesse le temps avait passé, décidèrent du programme de l'après-midi avant de rejoindre leur voiture.

Tout en conduisant, Marc s'émerveillait de son bien-être. Il se sentait décontracté et confiant. Tara était d'une compagnie fort agréable, voire stimulante. Elle avait totalement abandonné son attitude défensive et ses reparties cinglantes. Il lui était certes arrivé de lui lancer une ou deux petites piques, mais plus par boutade dans le but de le pousser à réagir que par agressivité.

Lui aussi avait changé… En fait, réalisa-t-il brusquement, cesser de combattre son attirance pour elle l'avait libéré d'un poids énorme. Toute la différence était là, identique pour chacun d'eux : la comédie avait pris fin, et le stress qu'elle engendrait ! Ils étaient simplement eux-mêmes, un homme et une femme qui profitaient d'une superbe journée pour explorer une région magnifique sans arrière-pensées.

Enfin, pas tout à fait, sois honnête, Derenz !

La seule tension qui restait entre eux était celle d'une douce expectative qui se faisait brûlante lorsque leurs regards se croisaient inopinément ou leurs doigts s'effleuraient par hasard, comme quand il lui avait tendu le menu, ou plus intentionnellement lorsqu'il lui avait pris la main pour l'aider à prendre place dans le siège baquet de son petit bolide.

Si, au départ, il avait douté par moments de son attirance pour lui face à sa froideur affichée dès qu'ils étaient en tête à tête, il avait depuis acquis la certitude que seule la peur de se trahir dictait sa conduite.

Marc lâcha un instant la route du regard pour jeter un coup d'œil discret à Tara, et sentit un sourire lui monter aux lèvres en songeant aux délices qui l'attendaient. *Qui nous attendent*, se corrigea-t-il *in petto* ! Après tout le mal qu'ils s'étaient donné pour tromper Celine, ils méritaient une récompense. Tara en particulier, d'ailleurs, pour sa performance au restaurant dans la principauté de Monaco. Dire qu'il la lui avait reprochée !

Revivre en pensée ce baiser passionné éveilla un brusque désir en lui et son impatience de faire l'amour à Tara l'enchanta. Cela faisait bien longtemps qu'il ne s'était pas senti dans la peau d'un collégien. C'était tout à la fois revigorant et délicieux…

Assise devant la coiffeuse Arts déco de sa chambre, Tara finissait d'appliquer un léger maquillage avant de descendre rejoindre Marc pour dîner. Elle se souvint d'avoir fait les mêmes gestes la veille au soir en se préparant pour la soirée sur le yacht avant son arrivée intempestive et ses reproches sur sa conduite à table. En attendant, leur baiser passionné avait suffisamment convaincu Celine pour la faire sortir de ses gonds et ainsi la pousser à l'imprudence. Leur plan avait réussi au-delà de toute espérance !

Si apprendre la séparation des Neuberger l'avait réjouie, grande avait été sa surprise d'entendre Marc lui demander de rester quelques jours avec lui. Certes, elle avait deviné depuis leur première rencontre que lui aussi luttait contre leur attirance mutuelle, mais elle n'aurait jamais imaginé un changement d'attitude aussi radical de sa part.

Tara se surprit à sourire. Qui d'ailleurs aurait cru que cet « ours mal léché », selon ses propres termes, était capable de se montrer aimable, galant et même plein d'humour ? Certainement pas elle !

Quant à la « récompense » dont il avait parlé, leur promenade touristique n'en était que le préliminaire… Tout au long de la journée, sous une apparence décontractée, ils s'étaient observés à la dérobée, rapprochés, évités même, mais dans le seul but de ne pas succomber trop vite au désir tant l'alchimie entre eux était puissante.

Posant son tube de rouge à lèvres sur la coiffeuse, Tara promena le regard sur sa superbe chambre. En arrivant à la villa Derenz, elle s'était promis de profiter au maximum de cet endroit enchanteur. Dorénavant, il lui restait quelques jours pour mettre ce projet à exécution et… profiter avec autant d'ardeur de son propriétaire !

L'homme qui, même lorsqu'il se montrait froid et distant, autoritaire ou d'humeur massacrante, avait la capacité de lui mettre le corps en feu, de lui faire battre le cœur à toute allure…

C'était d'ailleurs ce qui lui arrivait en cet instant !

Elle se leva d'un bond. À quoi bon résister plus longtemps ? Depuis son arrivée, elle brûlait d'envie de s'abandonner dans les bras de Marc. Leur liaison ne durerait pas, mais le regret la poursuivrait si elle refusait de vivre pleinement les heures qu'il leur restait à passer ensemble.

Elle vérifia une dernière fois son reflet dans le miroir. Très différente des tenues sophistiquées portées pendant le séjour des Neuberger, sa robe à la fois élégante et simple en lin blanc imprimé de fleurs stylisées bleu vibrant et fuchsia convenait parfaitement à une soirée de vacances.

Satisfaite, elle quitta sa chambre et se félicita de son choix en voyant Marc arriver sur la terrasse. Il avait troqué son costume de lin pour un pantalon de toile marine et une chemise blanche dont les premiers boutons étaient ouverts et les manches roulées sur ses avant-bras. Cette tenue décontractée ne lui ôtait rien de sa prestance habituelle. Cet homme était toujours aussi séduisant…

Une table ronde avait été installée devant les baies vitrées du salon, juponnée d'une nappe brodée sur laquelle reposaient deux couverts. La lumière douce des bougies se reflétait dans les verres en cristal, donnant à l'ensemble une atmosphère très romantique.

— Vous êtes ravissante, déclara-t-il en débouchant la bouteille qu'il tenait à la main.

Il versa le champagne dans deux flûtes, lui en tendit une et leva la sienne avant de la regarder droit dans les yeux.

— Portons un toast… À nous ! Santé !

Tara l'imita. Un frisson la parcourut tandis qu'une douce chaleur s'insinuait dans ses veines. Le moment était venu, ils ne pouvaient plus reculer.

— Santé !

Ils burent chacun une gorgée puis Marc reposa son verre.

— Venez, dit-il en lui tendant la main.

Elle le suivit à travers la pelouse jusqu'à un escalier taillé dans la roche débouchant dans une crique dotée d'une petite plage et d'un embarcadère privés. Devant eux, la mer s'étendait à perte de vue. Même les lumières du rivage étaient invisibles. Seuls le chant des cigales plus haut dans le jardin et le son léger des vagues se brisant sur le sable troublaient le silence.

— C'est si calme, murmura-t-elle. On se croirait sur une île déserte.

— Oui… Le reste du monde a disparu.

Se tournant vers elle, il lui prit les mains qu'il porta à ses lèvres.

— Il n'y a plus que nous, Tara. La nuit nous appartient. Je veux la passer avec vous. Le voulez-vous aussi ?

— Oui, dit-elle dans un souffle.

Ils restèrent un instant silencieux puis remontèrent jusqu'à la villa, main dans la main.

— À notre soirée ! déclara Marc en levant sa coupe de champagne dès qu'ils furent à table.

La jeune employée de la villa arriva alors, apportant les entrées, et échangea quelques mots en français avec Marc avant de les laisser. Le dîner se déroula à la perfection, comme si toute tension s'était évaporée entre eux à présent qu'aucun doute ne subsistait. Leur conversation était fluide. Marc riait sans la quitter des yeux et son regard était plein de promesses. Tara avait peine à croire qu'ils aient pu être si empruntés et agressifs les jours précédents.

— Le personnel est parti, déclara Marc une fois qu'ils eurent bu le café. Nous sommes seuls.

Il se leva alors et l'attira dans ses bras. Tara s'abandonna contre son torse puissant et, fermant les yeux, huma le parfum viril de sa peau tandis qu'il murmurait son nom contre ses cheveux.

Elle sentait son cœur battre fort sous le léger tissu de sa chemise, à l'unisson du sien. Enlacés, ils savourèrent ce doux moment chargé de désir puis Marc l'embrassa avec une grande douceur qui se mua très vite en passion.

— Montons, murmura-t-il soudain en se séparant d'elle.

Puis sans attendre sa réponse, il la souleva dans ses bras et l'emporta jusqu'à sa chambre. Tout en l'embrassant, il abaissa la fermeture Éclair de sa robe avant d'en faire glisser les bretelles le long de ses bras. Enhardie, Tara défit prestement les boutons de sa chemise. Comme elle posait la main sur sa ceinture, il l'arrêta.

— J'ai attendu ce moment toute la journée, Tara. Prenons notre temps.

Il finit de lui enlever sa robe et son slip puis dégrafa son soutien-gorge avant de prendre ses seins dans ses mains en coupe. Tara retint son souffle, mais, déjà, il en caressait les pointes dressées. Une onde de plaisir se diffusa dans ses veines pour s'épanouir au creux de sa féminité. Elle gémit et lui tendit ses lèvres tout en pressant ses hanches contre les siennes.

— Tu me rends fou, murmura-t-il avant de s'écarter pour se débarrasser prestement de ses vêtements et de mettre un préservatif.

Il l'allongea alors sur le lit puis lui écarta les cuisses et s'agenouilla entre elles. Tara ferma les yeux, s'abandonnant à la bouche experte de Marc qui parcourait chaque parcelle de sa peau de baisers délicats. C'était divin, tout son corps était parcouru de frissons, mais cela ne lui suffisait pas car elle voulait tout de lui, et lorsqu'il explora son intimité, elle lui saisit les épaules.

— Je t'en prie, Marc, prends-moi.

Il s'exécuta, la pénétrant en une longue poussée. Dans la seconde suivante, ils entamèrent une danse passionnée où leurs corps s'épousaient avec une complicité innée. Émerveillée, Tara suivait le rythme de Marc tandis que les sensations se décuplaient en elle, toujours plus intenses, toujours plus délicieuses, atteignant des sommets encore jamais égalés. Soudain, une vague brûlante déferla dans ses veines, tout son univers bascula, et elle se cambra avant de s'abandonner au plaisir suprême.

Lorsque Marc entendit Tara crier son nom, sentit ses muscles intimes se contracter autour de son sexe et son corps se relâcher sous lui, il fut incapable de se retenir plus longtemps et la rejoignit dans l'extase d'un ultime coup de reins.

Le cœur battant encore à tout rompre, il referma les bras autour d'elle, ébahi de l'intensité de son plaisir. Cette jeune femme exceptionnelle venait de le combler comme aucune autre n'était parvenue à le faire auparavant. Il eut soudain l'impression qu'au-delà de ce corps à corps passionné leur union avait été beaucoup plus profonde.

Il savoura ce moment de douce béatitude tandis que leurs souffles s'apaisaient, gardant Tara étroitement enlacée, heureux du contact de sa peau si soyeuse contre la sienne. Sentant ses paupières s'alourdir, il tenta de résister au sommeil afin de prolonger cette douce intimité, mais la fatigue eut raison de lui. Il glissa lentement dans les bras de Morphée avec la délicieuse certitude de se réveiller au côté de Tara pour de nouveaux ébats torrides…

8.

Avant même d'ouvrir les yeux, Tara sentit la chaleur des premiers rayons de soleil sur son dos. Le jour était donc levé depuis un certain temps, songea-t-elle tandis qu'un sourire lui montait aux lèvres en humant la peau de Marc allongé contre elle. Il sentait divinement bon… Elle sut, à son bras posé par-dessus son ventre qui se soulevait doucement au rythme de sa respiration régulière, qu'il dormait encore. Rien d'étonnant après la nuit qu'ils venaient de passer !

Même si les deux baisers échangés au cours des jours précédents lorsqu'ils jouaient un rôle pour Celine lui avaient révélé combien il était sensuel et capable de passion, jamais elle ne l'aurait imaginé en amant si attentionné. Et infatigable, en prime !

La pièce était encore plongée dans l'obscurité lorsque de douces caresses l'avaient réveillée. Il lui avait refait l'amour, lentement, cette fois, s'appliquant à faire monter son plaisir jusqu'à ce qu'elle demande grâce…

Tandis qu'elle se remémorait chaque instant de cette étreinte torride, la torture délicieuse de l'attente, les sensations de plus en plus fortes puis l'orgasme fulgurant qui les avait emportés, son sourire s'épanouit. Elle caressait machinalement le ventre de Marc, savourant la douceur de ses souvenirs et de cette toute nouvelle intimité, lorsqu'il se tourna vers elle.

— Je pensais te proposer de descendre prendre le petit déjeuner, mais si tu préfères…

— Le petit déjeuner est parfait ! l'interrompit-elle vivement. Une nuit avec toi est éreintante. Nous devons reprendre des forces pour affronter la journée.

Marc se mit à rire, visiblement fier de ce commentaire.

— Dans ce cas, je te conseille d'aller te doucher dans ta propre salle de bains, faute de quoi je ne réponds pas de moi.

Comme elle ne bougeait pas, il lui donna une petite tape sur les fesses avant d'ajouter :

— Allez, file avant que je change d'avis. Retrouve-moi en bas dès que tu seras prête.

Tara se leva aussitôt et enfila le peignoir en soie de Marc posé sur un fauteuil.

— Je te l'emprunte…, lança-t-elle d'un ton mutin. Qui sait qui je pourrais rencontrer en chemin !

Marc sauta hors du lit et l'attira contre lui.

— Tu l'auras cherché, petite sorcière. Si tu as assez d'énergie pour plaisanter, j'entends bien être le seul à en profiter !

À ce moment-là, un gargouillement sonore s'éleva de son estomac et tous deux éclatèrent de rire.

— On dirait que ton ventre te rappelle à l'ordre !

— Je vais régler ce problème avec lui, en attendant dépêche-toi de te préparer si tu ne veux pas que je m'impatiente et vienne t'aider.

— À vos ordres, monsieur Derenz !

— Réfléchis à ce que tu souhaites faire aujourd'hui, sinon tu devras te rallier à mon choix, lança-t-il alors qu'elle s'éloignait.

Lorsqu'elle le rejoignit sous la pergola, Marc était en train de téléphoner. Elle s'assit face à lui. Il était tout de blanc vêtu et portait des mocassins de bateau.

Intriguée, elle se servit une tasse de café et attendit en silence qu'il finisse sa conversation.

— Serais-tu sur le point de partir en croisière ? demanda-t-elle alors.

— Bien observé. La journée est splendide, le vent juste suffisant, donc c'est ce que nous allons faire. Qu'en penses-tu ?

— Disons que c'est une surprise ! En te laissant décider du programme, je m'attendais à quelque chose de plus… physique !

— Tout dépend de l'endroit où nous jetterons l'ancre, répliqua-t-il, imperturbable.

Tara sourit en prenant un croissant. Quoi qu'il ait décidé, cela lui convenait. Comme tout ce qu'il lui proposait, d'ailleurs, mais inutile de le lui dire, il avait déjà l'air suffisamment satisfait de lui-même !

— Ça me paraît sympathique, mais je n'ai pas vu de bateau à ton embarcadère.

— Hors saison ou en mon absence, je le laisse amarré au port de Pierre-les-Pins. J'ai déjà appelé mon skipper qui est en train de le convoyer.

Marc avait annoncé cela comme si posséder un voilier était parfaitement naturel, ce qui fit tiquer Tara. Un autre rappel de l'étendue de sa fortune, en plus de cette immense villa, de la limousine avec chauffeur, du petit bolide dans lequel ils avaient exploré l'arrière-pays la veille, de sa propre banque et de son impressionnant train de vie…

Cela ne l'avait pas dérangée pendant que ses rapports avec lui étaient ceux d'une employée et de son patron, mais, à présent, un malaise s'insinuait en elle. Était-il judicieux d'avoir entamé une relation, même temporaire, avec un homme d'un milieu si différent du sien ?

Heureusement, elle réussit à écarter ces pensées bien sombres le temps de leur journée à bord du voilier pour profiter de ces moments idylliques avec Marc. Voguer sur la Méditerranée en compagnie de cet homme si séduisant et prévenant était une expérience si agréable qu'elle se surprit à redouter l'heure de la séparation.

Son inquiétude revint toutefois en force le soir, dans le restaurant étoilé Michelin où il l'invita, en voyant le prix des plats, sans parler de celui des vins qui atteignait des sommes astronomiques à ses yeux. Mais décidée à savourer ce que lui offrait cette liaison, elle se concentra sur Marc, le « nouveau » Marc, totalement détendu, au sourire spontané, heureux d'être avec elle.

— À nous deux ! déclara-t-il en levant sa flûte de champagne.

Tara l'imita. Pendant le repas, leur conversation fut enjouée et fluide, les mets délicieux et le vin un nectar. Le temps passa si vite qu'elle fut surprise de constater qu'il était presque minuit lorsque le serveur apporta l'addition.

— Ce dîner était vraiment divin…, lança-t-elle gaiement. Je pourrais facilement m'habituer à ce style de vie ! Comment diable vais-je faire pour reprendre mon humble existence londonienne ?

Au lieu de voir Marc sourire ainsi qu'elle s'y attendait, elle remarqua une expression songeuse voiler son regard, comme si sa remarque évoquait un souvenir pénible. Elle fut étonnée, mais, persuadée que cela n'avait aucun rapport avec eux, elle refusa d'y accorder de l'importance afin de ne pas gâcher cette soirée exceptionnelle. Une fois installée dans son petit cottage du Dorset, la magie de ces deux derniers jours avec lui ne serait probablement plus qu'un lointain souvenir, et ce si séduisant amant avec…

— Qu'as-tu prévu pour demain ? demanda-t-elle afin d'étouffer la brusque peine née à cette idée.

— Tu devrais plutôt te soucier de ce que j'ai prévu

pour cette fin de soirée, répliqua-t-il, son sourire retrouvé. La nuit ne fait que commencer !

Et ce fut une seconde nuit passionnée. Lorsque le sommeil les emporta aux premières lueurs de l'aube, ils sombrèrent enlacés comme si rien ne pouvait jamais les séparer.

Mais ce n'était qu'une illusion…

Incapable de se concentrer sur le document affiché sur l'écran, Marc détourna les yeux de son ordinateur. Seule la jeune femme au corps de sirène qui se faisait bronzer au bord de la piscine occupait ses pensées. Il ne se lassait jamais de la regarder. Sa peau, si blanche à son arrivée sur la Côte d'Azur, avait pris une lumineuse teinte dorée extrêmement appétissante…

Allons, Derenz, un peu de sérieux, tu as du boulot !

Ce qui était le cas ! Pourtant, alors qu'il consacrait sa vie à son métier depuis plus de dix ans, il n'avait pas la tête à travailler. Si diriger la banque à distance présentait l'indéniable avantage de le laisser s'organiser à sa guise, cela avait aussi le redoutable inconvénient de le pousser à abuser de douces heures auprès de sa nouvelle compagne aux dépens des dossiers qui s'accumulaient. Ce qui ne lui était jamais arrivé auparavant.

S'accorder une pause avec Tara ne l'avait pas inquiété outre mesure au début tant il était persuadé de voir sa formidable attirance pour elle diminuer puis disparaître, mais il y avait deux semaines à présent qu'ils vivaient ensemble, deux semaines de pur plaisir pendant lesquelles il avait oublié sa discipline habituelle pour… Pour quoi, au juste ?

Prendre des vacances !

Et c'était la première fois qu'il se laissait aller à profiter de joies simples. À profiter de la vie, en fait.

Ils avaient passé des heures de farniente au bord de la piscine, fait de longues sorties en mer à bord de son voilier, visité l'arrière-pays si cher aux impressionnistes, déambulé dans les vieilles ruelles de Nice et sur la Croisette à Cannes. Il avait fait découvrir à Tara les falaises ocre de Saint-Raphaël, Grasse et ses parfumeries puis l'incontournable Saint-Tropez. Un jour, ils avaient même traversé la frontière italienne pour passer une journée à San Remo.

Une succession de moments de détente, tout à la fois gais et doux, avant de rentrer à la villa partager de délicieuses nuits de sensualité. Oui, ils s'entendaient à merveille sur tous les plans. Et de manière absolument exceptionnelle sur le plan physique !

Alors, quand allait-il se lasser de Tara ? Quand cesserait-il d'apprécier sa conversation, ses reparties pleines d'humour, sa compagnie tout simplement ? Soudain, il se demanda s'il ne pourrait pas lui faire une place autre que passagère dans son existence. Après tout, sans faire partie de son milieu, elle s'était remarquablement adaptée à son style de vie.

Mais quelle femme refuserait les privilèges qu'accorde l'argent ?

La question venue si spontanément à son esprit lui rappela aussitôt les raisons pour lesquelles il avait toujours choisi des maîtresses habituées au luxe et financièrement indépendantes. Une exception confirmait sa résolution : Marianne, qui avait séduit le jeune héritier de la Banque Derenz pour l'abandonner au profit d'un homme plus âgé déjà en possession d'une fortune importante… Et Celine en ce qui concernait Hans Neuberger. Toutes deux charmantes à souhait jusqu'à ce que leur véritable caractère se dévoile…

Songer à l'épouse de son ami lui évoqua sur-le-champ l'après-midi à Monte-Carlo où Tara avait fait allusion au meilleur moyen de s'assurer un avenir libre de soucis financiers : épouser un homme fortuné. Sur le moment, il avait interprété sa remarque comme une pique destinée à Celine, mais n'avait-elle pas tout simplement exprimé sa propre pensée ?

D'autres souvenirs refirent surface. « Je pourrais facilement m'habituer à ce style de vie ! » avait-elle déclaré le lendemain de leur première nuit ensemble, et pendant leur premier déjeuner en tête à tête, elle avait dit que son séjour à la villa allait lui permettre de réaliser un rêve…

L'entendre déclarer à Celine qu'ils étaient fiancés lui aurait-il mis des idées en tête ? Y songeait-elle lorsqu'ils s'embrassaient ou faisaient l'amour ? S'imaginait-elle qu'il allait l'épouser ?

Perturbé, Marc comprit qu'il n'arriverait pas à se remettre au travail. Pas plus que le jour de son arrivée lorsque, furieux de trouver Tara se prélassant au bord de la piscine, il lui avait sèchement rappelé qu'elle n'était pas en vacances à la villa Derenz, mais sa mauvaise humeur d'alors était due à la frustration. À l'époque, Tara était son employée et, par là même, intouchable. Désormais, elle était sa maîtresse et passait des vacances luxueuses en sa compagnie. Tout comme lui, d'ailleurs, alors autant tirer profit de cette situation tant qu'elle durait : Tara avait assez pris le soleil et une douche à deux s'imposait. Un sourire guilleret aux lèvres à la perspective des plaisirs qui l'attendaient, Marc éteignit son ordinateur et quitta son bureau.

Tara s'étira langoureusement puis enleva le haut de son maillot de bain. La vie était si douce, songea-t-elle en se tournant sur le ventre pour offrir son dos au soleil. Depuis deux semaines, les jours avec

Marc s'écoulaient paisiblement au rythme des repas à l'ombre de la pergola, des baignades dans la piscine, des sorties sur son voilier, des balades dans la région et des moments câlins. Ce serait vraiment facile de s'habituer à cette vie de luxueuse oisiveté.

Non, sans Marc, ce petit paradis n'aurait pas la même saveur, se corrigea-t-elle aussitôt. Cet homme qui, par sa seule présence, donnait un sens à ses journées et d'un seul regard la faisait se sentir désirée, prête à tout pour lui…

Captivée par sa rêverie, elle avait perdu toute notion du temps lorsqu'elle sentit une ombre se projeter sur elle puis, comme s'il avait deviné ses pensées, Marc lui effleurer le dos du bout des doigts. Elle frissonna, laissant échapper un petit gémissement. Dans la seconde suivante, il la soulevait dans ses bras en riant.

— Tu as assez profité du soleil, jeune fille. Il est temps de te rafraîchir !

Persuadée qu'il allait la jeter à l'eau, Tara poussa un cri strident.

— C'est bien la première fois que je te vois effarouchée à ce point à l'idée d'un câlin ! lança-t-il en l'emportant à grands pas vers la villa.

Faute de trouver une repartie qui ne calmerait pas les ardeurs de son fougueux amant, elle se serra contre son torse, autant par plaisir que pour dissimuler la vue de sa poitrine étant donné que le soutien-gorge de son maillot était resté sur son lit de plage. Le personnel de maison avait beau connaître la nature de leur relation, il était inutile de se donner en spectacle.

— Quel est le programme pour cet après-midi ? demanda Tara, un plus tard, tandis qu'ils déjeunaient sur la terrasse.

— Qu'as-tu envie de faire ?

— Je te laisse choisir.

Elle étala un morceau de camembert coulant sur une tranche de baguette croustillante tout en pensant que la succession de délicieux repas depuis son arrivée avait dû lui faire prendre quelques kilos, mais cela ne la dérangeait pas. Dès que possible, elle abandonnerait son métier de mannequin, son appartement, puis partirait commencer sa nouvelle vie dans son cottage du Dorset.

Elle n'éprouvait plus cependant son impatience habituelle à réaliser ce rêve. Et le responsable de ce changement se trouvait devant ses yeux…

— Ne me regarde pas comme ça…, murmura Marc d'une voix soudain rauque. Ou bien…

Tara lui adressa un sourire malicieux.

— Ne te fais pas d'illusions, il ne me reste plus que l'énergie nécessaire pour admirer la perfection de ton corps !

À la lueur coquine qui éclaira le visage de son amant, Tara sut qu'il s'apprêtait à lui prouver le contraire, mais son téléphone sur la table se mit à sonner. Après avoir lu le nom affiché à l'écran, il s'excusa puis rentra.

Dès qu'elle entendit la porte du bureau de Marc se refermer derrière lui, Tara sentit son humeur joyeuse s'assombrir. Il s'agissait visiblement d'un appel professionnel important pour qu'il s'isole car, d'ordinaire, il les ignorait ou répondait en sa présence. Ce coup de téléphone était comme un rappel à la réalité. Les deux dernières semaines étaient passées si vite qu'elle avait même oublié d'avertir son agent de son changement d'emploi du temps ! Il serait peut-être temps de le faire…

Mais elle n'en avait aucune envie, et cela n'avait rien à voir avec sa prochaine démission du métier de mannequin ou son installation au cottage. En vérité, seul Marc la retenait en France, et plus exactement son désir de passer le plus de temps possible avec lui tant sa hantise était grande de voir son départ sonner le glas de leur idylle.

Elle devrait pourtant prendre fin, comment pourrait-il en être autrement ? Sans Celine, elle n'aurait jamais rencontré Marc ou, du moins, elle n'aurait jamais eu de liaison avec lui. Seules les circonstances les avaient jetés dans les bras l'un de l'autre. Pour lui, il y avait eu le soulagement d'être débarrassé de celle qui le harcelait, et en ce qui la concernait, était née une attirance beaucoup plus profonde que du simple désir. Ses sentiments pourtant n'entraient pas en ligne de compte.

Tara se souvint brusquement de leur première discussion au bord de la piscine. « Vous n'êtes pas en vacances ici, mademoiselle Mackenzie, mais en mission. » Il n'aurait pu lui faire comprendre plus clairement qu'en temps normal il ne l'aurait certainement pas invitée chez lui car il ne choisissait pas pour maîtresses des femmes issues d'un milieu différent du sien…

Lorsque Marc réapparut, le moral de Tara avait dramatiquement chuté, et voir sa mine sombre confirma sa pire crainte : le moment de la séparation était arrivé.

— Je dois partir à New York, déclara-t-il en se rasseyant à table. Un de nos plus gros clients veut préparer en avance son bilan annuel. Comme je me suis toujours occupé personnellement de lui, il m'est impossible de lui faire faux bond. Bon sang, cela n'aurait pas pu tomber à un plus mauvais moment ! C'est une véritable malchance. J'en suis vraiment désolé.

Tara s'efforça de dissimuler sa déception.

— Quand dois-tu partir ?

— L'idéal serait de prendre l'avion cet après-midi

afin d'être frais et dispos pour notre rendez-vous, mais je préfère attendre demain.

Malgré son envie de lui demander de l'accompagner, elle se tut et regarda Marc terminer son fromage. Cet appel avait de toute évidence chassé son humeur sensuelle car il était à présent absorbé dans des pensées dont elle ne faisait certainement pas partie.

— Puisque c'est notre dernier jour ici, qu'aimerais-tu faire ? dit-il en reposant ses couverts.

— Pourquoi ne pas rester tranquillement à la villa ?

— Non, allons plutôt faire une ultime sortie en mer. Ça nous changera les idées.

Debout devant le gouvernail, Marc observait Tara, accoudée à la rambarde avant du yacht. Elle était trop belle. Ses cheveux flottaient au vent autour de son visage dont le léger hâle faisait ressortir le bleu-vert lumineux de ses yeux. Et il ne se lassait toujours pas d'admirer son corps si harmonieux…

Il avait bien fait de l'emmener loin de la villa. Naviguer sous le soleil de la Méditerranée avec elle, comme si souvent au cours des jours précédents, prolongeait l'illusion d'être en vacances bien que la réalité soit venue le rattraper. Le coup de téléphone de son client lui avait fait prendre la mesure de son insouciance, mais il avait aussi compris que, même s'il avait eu du mal à se concentrer sur son travail, il était parvenu à se maintenir à jour. En fait, ses priorités avaient changé. Il s'efforçait à présent d'effectuer ses tâches avec rapidité et efficacité afin de se préserver des moments d'intimité avec Tara. Cela ne lui était jamais arrivé auparavant. Il n'avait même jamais songé à délaisser ses dossiers pour passer plus de temps avec une maîtresse.

À vrai dire, aucune ne lui avait procuré les sensations… – et les émotions, s'avoua-t-il – qu'il éprouvait avec elle. Et, pour être complètement honnête, il n'avait aucune envie de voir leur relation s'achever.

Que lui arrivait-il ?

Il avait engagé Tara dans le seul but de refréner les ardeurs de Celine et, si cette dernière s'était calmée après leur rencontre à la présentation de mode à Londres, jamais il n'aurait cherché à revoir celle qui lui avait inspiré un désir si immédiat et intense. Mais la femme de Hans s'était cru irrésistible et elle avait continué à le poursuivre de ses assiduités, alors il avait fait venir Tara…

Marc la regarda à nouveau. Elle s'était tournée vers la mer, offrant son visage au soleil. Au moment où elle rassembla ses cheveux et les tortilla avant de les ramener sur l'une de ses épaules, dévoilant par ce mouvement sa nuque gracile, il éprouva une étrange émotion. Une pensée lui traversa aussitôt l'esprit.

Et si je l'emmenais à New York ?

C'était possible, bien sûr. Cela leur offrirait un moment de répit avant de se séparer. Cette idée le hanta pendant le reste de la journée, de plus en plus insistante. Tantôt il s'efforçait de la repousser, tantôt il s'imaginait faire découvrir la célèbre ville à Tara, vivre quelques jours supplémentaires de béate insouciance.

Leur balade en mer achevée, ils se prélassèrent au bord de la piscine avant de se préparer pour le dîner. Aucun d'eux n'aborda le sujet du départ et, une fois au lit, ils firent l'amour avec passion et un total abandon.

Tandis que Tara s'endormait dans ses bras, Marc se demanda s'il retrouverait un jour avec une autre la même complicité, la même extraordinaire entente physique. Il observa son beau visage éclairé par la lune, lui caressa doucement les cheveux, heureux de sentir son corps contre le sien. Une heure plus tard, incapable de trouver le sommeil, il se glissa hors du lit pour aller prendre l'air sur le balcon.

Le regard perdu sur le jardin en contrebas, il eut l'impression de découvrir sa propriété sous un jour différent. Elle était à présent imprégnée de nouveaux souvenirs : ceux qu'il avait avec Tara. L'emmener aux États-Unis était encore possible, mais que ferait-il après ? La ramènerait-il à Paris dans son appartement ? Était-il prêt à lui faire une place dans sa vie ? Pour combien de temps ?

Les questions se succédaient dans son esprit. L'envie de passer outre ses principes avec elle le tenaillait, mais la peur prenait le dessus. Soudain, il se remémora sa déclaration impulsive au restaurant, le moment où il avait présenté Tara à Celine comme la future Mme Derenz. Aussitôt, il éprouva un bizarre et fugitif pressentiment accompagné d'une sensation de malaise. Il ignorait encore ce qu'elle voulait de lui. Or, en ce qui le concernait, sa vie était toute tracée, avec des règles auxquelles il n'avait jamais dérogé.

Avant de les enfreindre avec elle !

Ils avaient vécu des heures idylliques, mais la magie de leur relation résisterait-elle à la routine de la vie de couple ? Mieux valait peut-être se contenter de merveilleux souvenirs.

À moins que le regret d'avoir choisi la sécurité plutôt que prendre le risque de vivre une intense aventure le poursuive à jamais…

À ce point de ses tergiversations, Marc sentit les bras de Tara se refermer autour de sa taille tandis que ses lèvres se posaient sur son dos. Il se retourna pour la serrer contre lui, stupéfait de sentir le désir naître à nouveau en lui.

— Reviens te coucher, murmura-t-elle.

Il l'entraîna dans la chambre pour la posséder une dernière fois…

Tandis qu'ils reposaient enlacés, repus de plaisir, Tara sentit brusquement Marc se séparer d'elle.

— Qu'y a-t-il ?

— J'ai oublié d'utiliser un préservatif !

— Ce n'est pas grave, je suis en fin de cycle. Il n'y a aucune inquiétude à avoir.

— Tu en es certaine ?

— Absolument, répondit Tara en l'attirant contre elle.

Quelques minutes plus tard, tandis qu'il lui caressait le dos machinalement, elle sentit son cœur se serrer. Depuis le déjeuner, l'idée de leur prochaine séparation la tourmentait. Même si elle s'était efforcée de profiter sans arrière-pensées de leur ultime journée ensemble et de se raisonner, elle n'était pas parvenue à se résoudre à perdre Marc à jamais. Leur idylle prendrait forcément fin un jour, c'était inévitable, mais c'était trop tôt, trop douloureux à accepter. Décidée à tenter le tout pour le tout, elle chercha son regard et lança d'un ton hésitant :

— Je pourrais t'accompagner à New York…

La main de Marc s'immobilisa et son expression se durcit.

— Non, ça ne marcherait pas.

Tara ferma les yeux. Tout était donc terminé entre eux.

9.

Lorsque Tara ouvrit les yeux, le lit était vide. Aucun bruit ne venait de la salle de bains, mais elle appela Marc. En vain, il était parti. Même en sachant son départ inévitable, le faible espoir l'avait animée qu'il change d'avis dans la nuit et l'emmène aux États-Unis. À présent, tout était terminé pour eux. Jamais plus il ne la prendrait dans ses bras et elle ne le reverrait probablement jamais non plus.

C'était peut-être mieux ainsi car des adieux auraient été trop douloureux ; maladroits aussi tant il lui était devenu difficile de lui dissimuler ses sentiments. Rester en contact amical aurait été au mieux temporaire, au pire un supplice. Sentant les larmes monter, elle s'assit, soudain frissonnante, et parcourut des yeux la pièce comme pour s'imprégner une dernière fois du lieu qui avait abrité leur idylle avant de le quitter à son tour. Une enveloppe portant son nom, appuyée contre le pied de sa lampe de chevet, attira alors son attention. À côté se trouvait un petit paquet cadeau.

Elle lut la carte.

J'ai préféré ne pas te réveiller, tu dormais trop profondément. Merci pour ces jours si agréables. Ton vol de retour est réservé. Je te souhaite le meilleur.

Marc

Dans l'enveloppe, un chèque de dix mille livres

sterling ainsi qu'un billet d'avion Nice-Londres en première classe accompagnaient ce message si bref ne portant ni en-tête ni aucun des mots tendres qu'il lui murmurait dans le feu de la passion.

Le paquet contenait un collier en or blanc et composé d'une suite d'émeraudes. Un cadeau bien trop important, songea-t-elle en le reposant dans son écrin, prête à le laisser. Mais, soudain, elle se ravisa. C'était le seul souvenir tangible qu'elle pourrait conserver de lui et serrer sur son cœur.

Elle resta un long moment assise, les yeux dans le vague tandis que les larmes ruisselaient sur ses joues. Jamais elle n'avait imaginé s'attacher autant à lui et encore moins souffrir à ce point. Lorsque ses pleurs se tarirent, elle se leva. Le moment était venu de se préparer à partir. Marc lui avait offert un intermède aussi extraordinaire qu'inoubliable, à elle désormais de commencer une nouvelle vie, de réaliser son rêve dans son cottage du Dorset.

Dans la chambre contiguë, Tara trouva deux jeunes employées en train de plier avec grand soin dans ses valises les vêtements que lui avait fournis Marc.

— Rangez-les, s'il vous plaît, je ne veux pas les emporter.

— Mais, mademoiselle Mackenzie, M. Derenz nous a dit…

— Peu importe, l'interrompit Tara. Je n'en veux pas. Gardez-les ou vendez-les, tous viennent de chez des couturiers, ou des créateurs connus, vous pouvez en tirer un bon prix.

Voir le sourire radieux et incrédule des deux jeunes femmes adoucit momentanément sa peine. Ce fut son seul plaisir de la journée. En s'installant dans la cabine de première classe de l'avion, elle s'efforça de se concentrer sur le côté positif de la situation. Un nouvel avenir l'attendait. Grâce à Marc, sa vie allait changer…

Elle ne devait découvrir à quel point cela était vrai que quelques semaines plus tard, en consultant son calendrier.

Sur la terrasse du penthouse de l'hôtel le plus huppé de Manhattan où il résidait, Marc regardait les lumières scintillantes de la ville. Son rendez-vous s'était déroulé à la perfection, son client était enchanté, mais lui-même n'éprouvait pas la satisfaction habituelle après un travail bien exécuté.

Il se sentait agité et ne parvenait pas à détourner ses pensées de Tara. Elle lui manquait. Il aurait aimé l'avoir à ses côtés, discuter avec elle, l'emmener dîner au restaurant, être témoin de son émerveillement et finir la soirée dans le grand lit de sa suite comme toutes celles qu'ils venaient de passer ensemble.

À cette pensée, son désir s'éveilla, intense, évoquant des images si précises de leurs corps enlacées que c'en fut douloureux. La quitter au petit matin avait été tellement plus difficile qu'il ne l'avait imaginé… Il l'avait observée un long moment, admirant une dernière fois son corps parfait, son beau visage et ses cheveux étalés sur l'oreiller, sachant qu'il n'avait d'autre choix que partir, la laisser.

À présent, toutefois, en proie aux mêmes doutes que la veille, il essaya de se persuader du bien-fondé de sa décision. Tara lui avait demandé de l'emmener à New York, mais quelle aurait été sa requête suivante ? Et comment savoir si elle l'avait choisi pour lui-même ou parce qu'il était le propriétaire de la Banque Derenz ?

Il rentra dans sa suite. Les dés étaient jetés. Même si son plus cher désir était d'avoir Tara à ses côtés, il devait l'oublier et, pour cela, il connaissait un moyen radical. Au lieu de rentrer à Paris, il allait entamer dès le lendemain matin une tournée des succursales de la Banque Derenz en Amérique. C'était indispensable pour se replonger dans son atmosphère habituelle de travail. Voyager lui rendrait sa clarté d'esprit tout en le libérant de la tentation d'aller retrouver Tara à Londres.

Quelques coups de téléphone suffirent à modifier son programme.

Avant de fermer les volets, Tara s'accouda à la fenêtre de sa chambre dans le cottage. Respirer l'air frais et pur de la campagne environnante était tellement agréable après la pollution de Londres… Dire que plusieurs semaines auparavant, assise avec Marc, elle regardait le soleil se coucher sur la Méditerranée dans la douce chaleur de la Côte d'Azur avec pour tout bruit le chant des cigales et le son des vagues qui se brisaient sur la plage en contrebas…

Ces souvenirs en amenèrent d'autres, bien moins géographiques et beaucoup plus personnels, de leurs corps enlacés, des lèvres de Marc sur sa peau, de son corps… Le désir s'éveilla en elle et son cœur se serra. Leur relation était terminée et ils ne se reverraient jamais. Sa vie avait changé de manière totalement imprévue, mais elle ne regrettait rien. Deux émotions s'opposaient en elle : la tristesse de ne plus être avec lui et une étrange joie à l'idée du nouvel avenir qui lui était offert.

Réalisant qu'elle serrait contre son cœur le collier d'émeraudes, elle le regarda. Le conserver était une erreur, ce n'était plus son seul souvenir de Marc car un lien plus important la liait à lui.

Elle se dirigea vers la coiffeuse de sa grand-mère

et prit le temps d'observer les pierres étincelant sous la lumière de la petite lampe avant de reposer le bijou dans son écrin. Inutile de garder cette preuve matérielle de l'indifférence de son amant. Tous deux étaient conscients du côté temporaire de leur liaison dès le départ. Ils avaient passé d'extraordinaires moments ensemble, et avec ce cadeau, Marc lui en avait clairement signifié la fin. Comme il ne l'aimait pas, le garder ne rimait donc à rien, il était plus correct de le lui rendre.

Cette parenthèse de bonheur était terminée, et le moment était venu de commencer une nouvelle vie.

De retour à Paris, Marc reprit son rythme habituel de travail. Sa tournée aux États-Unis et en Amérique du Sud avait été bénéfique au plan professionnel et elle avait fait office de coupure entre les jours pleins d'une insouciance grisante de ses vacances sur la Côte d'Azur et son retour à sa vie habituelle. Pourtant, Tara lui manquait toujours.

Tout en mettant ses boutons de manchettes, il pesta contre la soirée qui l'attendait. Il avait promis à un couple de clients de les accompagner à l'Opéra. Malheureusement, ils l'avaient informé qu'ils viendraient accompagnés de leur fille, une demoiselle qui ne cessait d'essayer de lui faire comprendre son désir de le voir s'intéresser à elle autrement que par simple devoir envers ses parents. Et elle n'était pas la seule dans ce cas !

Au diable les obligations mondaines et les coureuses de dot ! Ces femmes ne voyaient-elles donc pas qu'une autre occupait toutes ses pensées ? Celle-là même à cause de qui il était distant, froid et irritable depuis son retour.

Me voici redevenu un ours mal léché, songea-t-il tout en sentant aussitôt un sourire lui monter aux lèvres au souvenir de cette expression utilisée dans le but de convaincre Tara de prolonger son séjour à la villa seule avec lui. Cela avait fonctionné et… elle avait réussi à apprivoiser l'ours comme aucune autre auparavant ! Si bien d'ailleurs qu'il ne parvenait toujours pas à l'oublier !

Une douce nostalgie le submergea, peuplée de visions et d'émotions auxquelles il s'abandonna avec plaisir. Tout était si naturel entre eux, si gai, si torride…

Son visage se ferma brusquement. Il ne pouvait se permettre la faiblesse de se remémorer ces vacances. Malgré son envie de croire Tara dénuée d'intentions intéressées, elle lui avait maintes fois prouvé le contraire. Empocher cinq cents livres sterling pour une demi-heure en voiture à Londres ne l'avait pas gênée. Ensuite, elle avait fait monter les enchères pour lui servir de chaperon sur la Côte d'Azur et, pour finir, elle avait emporté sans ciller sa garde-robe de grands couturiers et un collier d'émeraudes valant une fortune. La leçon donnée par Marianne ne lui avait donc pas suffi ?

À quoi bon ressasser cela ? Je finirai bien par arriver à l'oublier.

Le tout était de résister à l'envie de la contacter et de s'accorder du temps. Instinctivement, il se corrigea : de s'accorder le temps de guérir. Car c'était bien de cela qu'il s'agissait, il était malade. De désir ?

Hélas, cela semblait beaucoup plus grave…

Résolu à oublier ses tourments, Marc quitta son appartement. Comme il traversait le hall de l'immeuble, le concierge vint à sa rencontre.

— Vous avez oublié de prendre votre courrier, monsieur Derenz.

À la vue de l'écriture sur la lettre que lui tendait l'homme, il se figea puis, s'efforçant de rester impassible tandis que son cœur se mettait à battre à tout rompre, il décacheta l'enveloppe.

Marc,

Je n'ai pas touché le chèque que tu m'as laissé. Ce qui avait commencé comme un travail s'est terminé très différemment et il serait malhonnête de te tenir lié au contrat original.

Ensuite, mais pour d'autres raisons, j'ai décidé de ne pas garder le magnifique collier d'émeraudes. S'il te plaît, n'en prends pas ombrage. C'était un geste très généreux de ta part, cependant, ce cadeau est beaucoup trop important pour que je puisse l'accepter. Je vais donc te le faire parvenir au plus tôt par un moyen sécurisé.

En quittant la villa, j'ai laissé à tes employées la garde-robe que tu m'avais fournie. J'ai pensé que tu n'en aurais pas l'utilité et elles étaient enchantées. J'espère que tu ne leur en voudras pas d'avoir accepté.

Je suis désolée d'avoir tant tardé à t'informer de ces décisions. J'ai eu beaucoup à faire depuis mon retour. Ma vie prend à présent une nouvelle direction et je vais très bientôt quitter Londres ainsi que mon métier de mannequin.

Tara

Marc garda un instant les yeux rivés sur la lettre. Sa vision se brouilla tandis qu'une multitude de pensées lui traversaient l'esprit sans aucun ordre logique. Soudain, alors qu'une évidence s'imposait à sa pensée, lui enlevant l'immense poids qui pesait sur son cœur depuis des semaines, il laissa lentement retomber son bras. Il vit alors le concierge, qui s'était entre-temps posté près de la porte d'entrée, revenir vers lui.

— Votre voiture est arrivée, monsieur Derenz.

— Dites à mon chauffeur d'attendre un moment.

Mon programme a changé. Je le rejoindrai dès que j'aurai pris certaines dispositions.

Aller à l'Opéra n'était plus d'actualité. Il devait avertir son pilote de tenir le jet prêt à décoller de l'aéroport du Bourget, préparer un sac de voyage et, bien entendu, s'excuser de son contretemps auprès de son client.

Comme l'homme s'éloignait, Marc gagna l'ascenseur en toute hâte. Il n'avait pas une seconde à perdre s'il voulait être à Londres dans la soirée.

Tara n'avait rien pris, ni l'argent qu'elle avait somme toute gagné, ni sa garde-robe, ni le collier d'émeraudes. Cela en disait long sur elle. Dorénavant, il pouvait lui faire confiance. Contrairement à ses craintes, elle ne s'était pas donnée à lui dans le seul but de faire main basse sur sa fortune. Elle devait même éprouver des sentiments envers lui pour avoir renoncé à empocher son salaire… Dire qu'il n'avait même pas pensé à regarder les mouvements de son compte bancaire. Cela lui aurait pourtant évité quelques nuits blanches !

L'émotion qu'il avait tant bien que mal canalisée pendant si longtemps le submergea. Tara, sa merveilleuse maîtresse, était une personne authentique et honnête.

Je vais revoir Tara, et nous allons être à nouveau un couple !

Jamais il ne s'était senti aussi heureux…

10.

Tara consulta sa montre. Déjà midi ! Il lui restait une dernière démarche à effectuer avant d'aller déjeuner puis de reprendre son train pour le Dorset. La vague de chaleur qui s'était abattue sur Londres, ajoutée aux changements qui commençaient à affecter son corps, l'ayant fatiguée, il lui tardait de retrouver le calme et l'air pur de son sanctuaire.

Arrivée le matin même, elle s'était rendue directement à son premier rendez-vous avec la directrice d'une agence de mannequins, spécialisée dans le seul type de travail qu'elle pouvait désormais accepter, afin de proposer ses services. Sa seconde visite avait été pour son banquier. Cet entretien avait cependant été beaucoup moins réussi que le premier : ses gains dans un futur proche étant incertains, il lui avait refusé le prêt demandé.

Sans cette aide financière, déménager immédiatement au cottage s'avérait difficile, or s'installer dans sa nouvelle vie avant que son état soit trop avancé était indispensable. Pour cela, elle devait faire rénover au plus vite la cuisine et la salle de bains, ainsi bien sûr qu'acheter une petite voiture plus fiable que celle de ses grands-parents pour se déplacer car cette commune de la campagne anglaise n'offrait aucun moyen de transport en commun.

Encaisser le chèque de Marc aurait résolu ses problèmes, mais elle y avait renoncé. Tout comme monnayer le collier d'émeraudes qui reposait dans son écrin au fond de son sac, même si sa valeur l'aurait mise à l'abri du besoin pour de nombreuses années. *S'il s'était contenté d'un petit cadeau*, songea-t-elle, *j'aurais pu le conserver...*

Mais il t'a laissé un souvenir bien plus impérissable !

Ce brusque rappel à l'ordre lui fournit l'énergie nécessaire pour accélérer le pas. La boutique du joaillier de Mayfair auquel elle comptait confier le bijou afin qu'ils le renvoient à son propriétaire de manière sécurisée n'était d'ailleurs plus très loin. Autant en finir rapidement car Marc avait dû recevoir sa lettre postée quelques jours auparavant du Dorset.

Une brusque nostalgie s'abattit sur elle. Elle aurait tant voulu lui parler, l'avertir... Mais à quoi bon rêver ? Il avait été très clair : leur relation était passagère et le collier sa manière de rompre élégamment comme il le faisait sans doute avec toutes ses conquêtes.

Au moment où Tara arrivait devant le magasin, la porte s'ouvrit sur un homme dont le visage bienveillant s'illumina aussitôt.

— Mademoiselle Tara, quelle bonne surprise ! s'exclama Hans Neuberger en la serrant contre lui en une amicale étreinte. Je suis si heureux de vous revoir. Cette rencontre inattendue est l'occasion idéale pour vous inviter à déjeuner.

Comme, stupéfaite, elle ne répondait pas sur-le-champ, il se hâta d'ajouter :

— À moins bien sûr que vous n'ayez déjà un engagement.

— Pas du tout.

— Dans ce cas, je me fais un plaisir de passer un

moment en votre compagnie puisque le destin vous a mise sur mon chemin.

Encore abasourdie, Tara traversa la rue avec lui. Elle l'écoutait d'une oreille distraite tandis qu'une multitude de souvenirs se bousculaient dans sa tête lorsqu'il ouvrit la porte d'un restaurant.

— Je vous en prie, dit-il en s'effaçant pour la laisser entrer.

Il s'agissait du restaurant contigu à l'hôtel où Marc avait raccompagné Celine le soir de la présentation de mode ! Tara dissimula sa surprise. Hans ne pouvait bien entendu pas savoir ce que ce lieu évoquait pour elle.

Une fois à table, il l'informa d'emblée de l'évolution de son divorce en cours.

— J'ai été incapable de rendre cette femme heureuse, aussi je suis content qu'elle ait rencontré un nouveau partenaire. C'est un Russe qui possède un yacht sur lequel ils font une croisière en mer Noire en ce moment. Je lui souhaite tout le bonheur possible.

Cet homme était décidément trop bon, songea Tara. Et le nouveau compagnon de Celine certainement nanti ! Mais peu importait, sa séparation semblait avoir réussi à Hans tant il était gai et animé. C'était d'ailleurs étonnant pour quelqu'un d'ordinaire si réservé…

— Assez parlé de moi, déclara-t-il soudain. Dites-moi plutôt ce que vous avez fait depuis votre retour du Cap Pierre et quels sont vos projets avec Marc. J'ai été tellement occupé entre mon divorce et mes affaires que je n'ai pas eu le temps de l'appeler.

Tara sentit son cœur se serrer. Revoir Hans lui avait un instant fait oublier la réalité de leur rupture. Sa présence lui avait même ramené à l'esprit le souvenir des jours heureux à la villa. Elle dut faire un effort pour chasser sa soudaine nostalgie.

— À vrai dire, nous n'en avons aucun. Nous nous sommes séparés.

— Je suis désolé d'entendre ça, répondit-il aussitôt tandis que son visage s'assombrissait. Je vous trouvais parfaite pour lui. Il peut se montrer difficile parfois, c'est cependant un homme très bon, et vous aviez assez de caractère pour le stimuler. Vous alliez très bien ensemble.

— En effet, en dépit de certaines joutes verbales dont vous avez été témoin, nous nous entendions bien et avons passé d'excellents moments tous les deux, mais notre relation est terminée.

— Quel dommage.

Si vous saviez à quel point je le regrette, songea Tara, la gorge nouée, avant de profiter de l'arrivée du serveur avec les menus pour changer de sujet.

— Enfin, tout cela fait partie du passé, à présent. Je suis cependant très heureuse de vous revoir. Êtes-vous à Londres en voyage d'affaires ?

— Non, pas du tout. Je suis arrivé ce matin et mon fils Bernhardt doit me rejoindre ce soir avec sa fiancée pour passer quelques jours de vacances en Angleterre. Sa future belle-mère, Ilse, sera du voyage aussi. Elle était la meilleure amie de feu ma femme. En fait nous avons tous deux perdu nos conjoints à quelques années d'intervalle. Nous nous sommes toujours très bien entendus, mais notre chagrin nous a rapprochés et, plus récemment, les fiançailles de nos enfants. À présent, nous avons décidé de nous marier dès que mon divorce avec Celine sera prononcé. Bernhardt et Karin en sont enchantés !

— Quelle merveilleuse nouvelle ! s'exclama Tara. Je suis tellement heureuse pour vous.

— Je vous remercie, répondit-il avant de poursuivre

avec un sourire complice : vous avez dû vous demander pourquoi je sortais du magasin de ce célèbre joaillier.

Tara qui, sous le coup de la surprise, ne s'était posé aucune question n'eut pas besoin de répondre car, à cet instant, Hans sortit de sa poche un écrin dont l'aspect ne laissait aucun doute sur le contenu.

Il l'ouvrit.

— Croyez-vous qu'elle va l'aimer ? demanda-t-il.

— Bien sûr, cette bague est magnifique ! s'exclama Tara en admirant un imposant saphir entouré d'une multitude de diamants étincelants. Elle ne peut que l'adorer. Permettez-moi d'être la première à vous féliciter.

Et, heureuse de voir le bonheur de Hans, elle se pencha vers lui et l'embrassa sur la joue.

Assis à l'arrière de sa limousine, Marc sortit la lettre de Tara de sa poche et la relut pour la énième fois avant de la replier avec un soupir excédé. C'était frustrant d'être si près d'elle et de ne pas la trouver. Où était-elle donc passée ?

Après avoir atterri tard la veille au soir au City Airport de Londres, il s'était précipité à l'appartement où il lui avait rendu visite quelques semaines auparavant. Seules ses colocataires y étaient et elles ignoraient où elle pouvait être. Selon leurs dires, aucune d'elles ne l'avait vue depuis plusieurs jours.

Il avait donc rejoint son hôtel, dépité, mais persuadé de la retrouver le lendemain. À présent, il n'en était plus aussi certain. Son entretien avec une secrétaire de l'agence de mannequins avait été totalement infructueux. Il avait seulement appris que Tara n'avait aucun contrat en cours. Pour des raisons de confidentialité, et en l'absence de sa directrice, la jeune femme avait refusé de lui communiquer son numéro de téléphone. Quel imbécile d'avoir égaré celui donné lorsqu'il avait voulu l'embaucher ! Il avait toutefois laissé sa carte et obtenu que Tara soit informée de sa démarche. Mais quand le serait-elle ? La secrétaire s'était montrée si inflexible qu'il doutait d'une action immédiate de sa part.

Être réduit à attendre le bon vouloir de cette personne était insupportable. Sortant son téléphone, il appela le directeur de l'agence de Mayfair de la Banque Derenz et lui demanda de faire surveiller l'appartement de Tara. Son seul espoir était qu'elle y rentre très vite.

Sinon, il engagerait un détective privé, décida-t-il soudain. Personne ne disparaissait de la circulation sans laisser la moindre trace et un professionnel avait certainement les moyens d'obtenir les renseignements qui lui avaient été refusés.

Rasséréné, il en regretta presque d'avoir fait preuve de faiblesse en appelant le directeur de la banque et songea qu'il aurait dû l'inviter à déjeuner avec lui, ce qu'il faisait à chacun de ses passages à Londres, mais il n'avait pas envie de compagnie.

La seule qu'il désirait était celle de Tara, la femme pour laquelle il était enfin prêt à abandonner toutes ses résolutions et suivre son instinct.

Comme la limousine s'engageait dans la rue de son hôtel, il réalisa que c'était celui où il avait raccompagné Celine. En une fraction de seconde, un flot de souvenirs déferla à nouveau dans sa tête. La réticence de Tara à accepter son offre, son propre désir dès le premier regard, le frisson qui l'avait parcourue dans la voiture lorsqu'il lui avait attaché sa ceinture de sécurité, et comment il lui avait prouvé que son indifférence envers lui était feinte, qu'une même attirance les poussait l'un vers l'autre…

Un sourire heureux lui monta aux lèvres tandis que les souvenirs plus récents de leur intimité réveillaient son désir.

Et il en aurait d'autres.

Il imagina aussitôt leur prochaine nuit ensemble... Après une si longue séparation, leur plaisir allait être extraordinaire !

Je vais l'emmener en vacances, décida-t-il. *Nous avons besoin de nous retrouver loin de la vie trépidante de Londres ou Paris.*

Oui, ils iraient là où elle voudrait, aux Seychelles, aux Maldives ou dans les Caraïbes. Il devait bien y avoir une île quasi déserte où ils pourraient être seuls, faire l'amour sous un ciel étoilé, se baigner dans les eaux turquoise d'un lagon, passer de longues heures sous les palmiers bercés par une brise tropicale...

— Nous sommes arrivés, Monsieur, déclara le chauffeur en lui tenant la portière ouverte.

Délaissant un moment ses douces rêveries, Marc descendit de voiture. Il traversait le hall de l'hôtel pour rejoindre sa chambre lorsqu'il se ravisa et se dirigea vers la porte reliant l'hôtel au restaurant. Vu son état d'excitation, il serait incapable de travailler, mieux valait donc prendre le temps de déjeuner car il avait seulement avalé un café à la va-vite le matin tant il était stressé et pressé d'aller à l'agence de mannequins. Si Tara rentrait chez elle, l'employé en faction devant son appartement l'appellerait. Dans le cas contraire, il contacterait un détective après le repas. Son impatience avait atteint son comble.

Sur le seuil de la salle de restaurant, il jeta un regard alentour et se figea.

Tara était là, à quelques mètres de lui, souriant à un homme dont il ne voyait que le dos. Son cœur s'emballa et sa gorge se noua. Comme au ralenti, il vit l'homme tendre un écrin ouvert à travers la table, Tara effleurer du doigt une bague étincelante, lever un regard ébloui vers son partenaire puis se pencher pour lui déposer un léger baiser sur la joue.

Terrassé par la jalousie, Marc fit un pas de côté et reconnut le profil du vis-à-vis de Tara.

Hans !

Son mouvement dut attirer l'attention de la jeune femme car elle leva les yeux. Leurs regards se croisèrent.

En une fraction de seconde, rage et douleur se mêlèrent en lui. Sa vision se brouilla. Une image se superposa au couple attablé : celle de Marianne dans un restaurant parisien avec un homme âgé, une bague de fiançailles scintillant à son annulaire.

Dans un état second, Marc tourna les talons.

Au moment où elle se renfonçait dans son siège après avoir embrassé Hans, Tara aperçut Marc sur le seuil de la porte communiquant avec l'hôtel. Son cœur fit un bond dans sa poitrine.

Il l'avait vue !

Partagée entre les émotions contradictoires qui venaient de la submerger, elle s'efforça de ne pas trahir son trouble. De toute évidence, Marc ne voulait pas lui parler. Si elle avait encore eu besoin d'avoir la preuve qu'il considérait leur liaison terminée, il venait de la lui fournir ! Que lui avait-elle donc fait pour qu'il l'ignore avec une telle froideur ? Qu'il ne soit même pas capable de la saluer de manière courtoise ? Son regard semblait empli de haine…

Une immense peine lui étreignit le cœur. Songeant soudain que Marc avait peut-être reconnu Hans et risquait de revenir pour le saluer, Tara sentit la panique la gagner. S'exposer à son indifférence en public serait trop mortifiant. Rester plus longtemps était donc impossible.

— Je suis désolée, Hans, déclara-t-elle en se levant brusquement, mais je crains de ne pas avoir assez de temps pour déjeuner. Sous le coup de la surprise en vous rencontrant, j'ai oublié un rendez-vous.

Il se leva à son tour, visiblement surpris, mais Tara, ne trouvant aucune excuse plus crédible à lui offrir, poursuivit en toute hâte :

— Je vous en prie, ne m'en veuillez pas. J'ai été extrêmement heureuse de vous revoir et vous souhaite tout le bonheur possible avec Ilse.

Puis elle attrapa son sac à main et fila vers la sortie aussi vite que l'émotion et un semblant de dignité le lui permirent.

Au bord du trottoir, elle jetait un coup d'œil sur le côté avant de traverser la rue lorsqu'un homme surgit de la porte à tambour de l'hôtel.

Un cri lui échappa et elle fit un pas titubant en arrière. La main de Marc se referma aussitôt autour de son bras pour la stabiliser avant de la lâcher comme si ce seul contact lui était insoutenable.

— J'ai cru que tu avais quitté l'hôtel…, balbutia-t-elle, prise de court.

11.

— Eh bien, comme tu peux le constater, j'en pars seulement maintenant, répondit Marc, surpris.

La réflexion de Tara était vraiment bizarre. S'était-elle hâtée de sortir pour le rencontrer ? Non, ses préoccupations étaient très éloignées de lui !

Il serra les dents afin d'enrayer les émotions qui menaçaient de le submerger à nouveau. Après être sorti du restaurant, il avait annulé sa réservation à l'hôtel, décidé à quitter Londres au plus vite, et tomber sur Tara était la dernière chose à laquelle il s'attendait. S'il ne l'avait pas vue quelques minutes plus tôt en compagnie de son ami, il l'aurait serrée contre lui, lui aurait dit tout ce qu'il se répétait depuis la réception de sa lettre, la veille au soir, l'aurait entraînée dans sa chambre, lui aurait fait l'amour…

À présent, les mots étaient inutiles et ses rêves anéantis.

Hans ! Entre tous les hommes, il avait fallu qu'elle choisisse Hans ! Celui-ci était rayonnant comme un amoureux transi. Un sacré changement depuis la dernière fois où il l'avait vu à la villa, et la responsable en était là, devant lui !

Un nouvel accès de rage emporta Marc qui s'efforça de le dissimuler. Tara semblait tout à la fois consternée et vraiment mal à l'aise. Cherchait-elle à lui fournir une explication à sa conduite ?

— Moi aussi, je partais.

Il la foudroya du regard. Ni justification ni excuse, quel toupet !

Tara s'en voulut aussitôt d'avoir proféré une telle banalité car Marc risquait de l'interpréter comme un appel à marcher en sa compagnie ou à se faire déposer en voiture quelque part. Or rien ne pourrait être pire étant donné la manière dont son visage fermé et son attitude rigide exprimaient clairement son peu d'envie de passer un moment avec elle ! D'ailleurs il avait pris la fuite en la voyant, sans même daigner venir saluer son ami. Il ne savait probablement pas comment se débarrasser d'elle en cet instant… Espérant s'épargner l'humiliation d'un rejet catégorique tel que celui qu'il avait opposé à sa proposition de l'accompagner à New York, elle leva le menton pour annoncer :

— Je dois vraiment partir, maintenant.

Marc la regardant, impassible, Tara sentit la panique l'envahir. Il avait l'air si furieux qu'elle craignit de lui avoir laissé un doute quant à ses futures intentions dans sa lettre. Puisque l'occasion se présentait de le rassurer, de lui dire qu'elle avait parfaitement accepté la fin de leur liaison et continuait sa vie sans le moindre regret, elle la saisit, la mort dans l'âme.

— Ainsi que je te l'ai écrit, dit-elle d'un ton qu'elle espéra heureux, je vais très bientôt quitter Londres définitivement, ainsi que mon métier de mannequin par la même occasion. Tu n'imagines pas comme il me tarde de commencer cette nouvelle existence !

— Je suis certain que tu vas beaucoup l'aimer !

Son indifférence affichée la blessa. Il ne se souciait

même pas de savoir ce qui pouvait lui arriver. Décidée à ignorer sa froideur, elle sourit.

— Oui, sans aucun doute. Au fait, Hans est encore dans le restaurant. Je suis sûre qu'il serait heureux de te voir. Il a une grande nouvelle, mais tu préféreras certainement l'entendre de sa bouche.

Mal à l'aise de ne toujours déceler aucune réaction dans le regard de Marc, Tara changea son sac d'épaule pour se donner une contenance, ce qui lui rappela aussitôt le bijou à l'intérieur.

— Notre rencontre arrive à point nommé car j'allais juste me rendre chez le joaillier qui se trouve en face afin de lui demander de t'expédier ceci, ainsi que je t'en ai averti.

Sans faire le moindre commentaire, Marc prit l'écrin qu'elle lui tendait et le glissa dans la poche de sa veste de costume.

Tara sentit une boule se former dans sa gorge. Souvent, elle avait imaginé une rencontre fortuite avec Marc. Dans certaines scènes, ils se retrouvaient avec plaisir, comme des amis, dans d'autres, ils étaient gênés mais restaient courtois. La pire de toutes était celle où elle le voyait avec une nouvelle maîtresse, mais dans aucun des scénarios elle n'avait envisagé ce désintérêt total. C'était pire que tout. Mieux valait partir au plus vite avant de se donner en spectacle.

— Eh bien, au revoir, Marc, dit-elle avant de tourner les talons.

Au bout de quelques pas, tandis que les larmes ruisselaient sur ses joues, elle songea que cette vision de son visage dur resterait gravée dans sa mémoire et risquait même de ternir celles des jours heureux.

Malgré tout, savoir que jamais elle ne le reverrait était affreusement douloureux.

Comme chaque année à l'automne, la Banque Derenz donnait une soirée pour remercier ses clients importants de leur fidélité. À l'entrée de la salle de réception de l'un des hôtels les plus réputés de Paris, un sourire de circonstance aux lèvres, Marc accueillait ses premiers invités. Il n'avait pas le cœur aux mondanités, mais échapper à cette corvée était impossible.

Les gens commençaient à affluer, pourtant l'un d'eux n'était pas encore arrivé alors qu'il n'avait jusque-là manqué aucune réception. Depuis l'instant où les cartons d'invitation avaient été envoyés, Marc n'avait cessé de se demander si Hans Neuberger oserait se présenter.

Il ne se sentait pas le courage de le regarder en face. Son seul espoir était que son ancien ami éprouve la même angoisse de le voir et s'abstienne de venir.

Mais si ce n'était pas le cas, amènerait-il Tara ?

Cette question le taraudait tandis qu'il remerciait ses invités de leur présence.

Il s'étonna d'être capable de convivialité alors que, depuis son retour de Londres, il était l'ombre de lui-même. Le souvenir de la scène au restaurant le hantait, il en revoyait chaque détail, y compris un dont il n'avait pas pris conscience sur le moment : l'écrin de la bague portait le logo du célèbre joaillier dont la boutique faisait face à l'hôtel. Mais c'était surtout le visage radieux de Tara avant d'embrasser Hans qui restait gravé dans sa mémoire. Ce n'était pas un simple sourire heureux, mais l'expression d'une joie intense.

Y repenser lui donna la nausée. Dire qu'il l'avait cru différente de Celine ! Elle était simplement bien plus intelligente. Elle avait su cacher son jeu, et après avoir échoué avec lui, elle s'était rabattue sur ce pauvre Hans. La cible idéale, trop bon pour son propre bien, d'une générosité sans égale ainsi qu'elle avait pu s'en rendre compte pendant son bref passage à la villa, le type même du chevalier prêt à sauver les demoiselles en détresse. Qu'une femme de la classe de Tara s'intéresse à lui avait dû l'envoûter et le fait qu'elle ait été sa maîtresse avait probablement été un gage de sérieux à ses yeux…

Et lui qui s'était réjoui de la voir refuser son chèque et ses cadeaux ! Elle n'en avait nul besoin après s'être assurée de partager la fortune de Hans. Comme Marianne et son vieil homme nanti…

Marc serra les dents. Il avait survécu à cette première séparation et il finirait par oublier Tara. Ce n'était qu'une question de temps.

Mais le souhaitait-il vraiment ? À cette pensée, il sentit son cœur battre plus vite car tout son être aspirait à la revoir. La seule idée de l'avoir perdue à jamais était si insoutenable qu'il ferma les yeux. Dans la seconde suivante, une voix très familière s'élevant à côté de lui, il les rouvrit. Hans, seul !

— Bonsoir, Marc. Je suis vraiment désolé d'arriver si tard, mais, comme tu le sais, je n'aurais manqué pour rien au monde cette réception. Bernhardt ne va pas tarder et je me suis permis d'amener deux invitées : Karin, sa fiancée, et…

Hans marqua une légère pause tandis qu'un large sourire illuminait son visage. Marc attendit, retenant son souffle.

— Et une personne qui m'est devenue extrêmement chère. Mon divorce n'étant pas encore prononcé, nous avons fait bien entendu preuve de beaucoup de discrétion, aussi tu dois être étonné.

— Non, je suis au courant depuis plusieurs semaines, rétorqua Marc sèchement avant d'ajouter : Hans, c'est de la folie. Comment peux-tu faire une chose pareille ? N'as-tu rien appris de ton expérience avec Celine pour refaire la même bêtise ? Je comprends que tu sois amoureux, mais, je t'en prie, ressaisis-toi !

Il vit le visage de son ami s'assombrir.

— Je suis parfaitement conscient de mon erreur de jugement avec Celine, mais cette fois…

— Ce sera pareil avec Tara ! Je vous ai vus ensemble à Londres. J'étais là quand tu lui as montré la bague, ses yeux se sont mis à briller et elle s'est précipitée pour t'embrasser !

Hans lui saisit aussitôt le bras avec une force surprenante pour un homme de son âge.

— Arrête, Marc ! Tu perds la tête. On ne voit que ce que l'on veut voir, ou redoute de voir, c'est pourquoi tu as mal interprété l'attitude de Tara. Elle m'a embrassé par amitié parce qu'elle était heureuse pour moi, heureuse que j'aie trouvé le bonheur et m'apprête à me remarier. Alors, si tu t'es imaginé, ne serait-ce qu'un instant, qu'elle était l'élue de mon cœur…

Hans laissa sa phrase en suspens tandis qu'il lui lâchait le bras pour faire signe de la main à Bernhardt qui venait d'arriver accompagné de deux femmes, l'une ravissante et très jeune, l'autre tout aussi jolie, mais plus âgée… Marc remarqua aussitôt le doux sourire plein d'affection que cette dernière adressait à Hans, et surtout le saphir entouré de diamants à son annulaire.

— Marc, je te présente Ilse Holtz et sa fille Karin. Ilse m'a fait le plaisir et l'honneur d'accepter de devenir ma femme dès que les circonstances le permettront. Je suis certain que cette nouvelle te réjouit autant que moi.

Tout en félicitant Ilse, Marc prit pleinement conscience de la signification pour lui de cette annonce.

— Bernhardt, pourrais-tu emmener nos compagnes chercher une coupe de champagne pendant que je termine ma discussion avec Marc ?

— Bien entendu, papa. À tout à l'heure, Marc.

Le jeune homme parti, Hans se tourna vers son ami.

— Si je ne me trompe pas, cette surprise est la meilleure que je pouvais te faire.

— Oui… Je suis vraiment désolé d'avoir été aussi odieux avec toi.

— Allons, ta réaction partait d'une bonne intention, même si Tara n'est certainement pas une nouvelle Celine. Je l'ai toujours trouvée charmante et douée d'inestimables qualités. Apprendre votre séparation m'a peiné car je vous ai d'emblée sentis faits l'un pour l'autre. J'imagine que maintenant tu sais ce qu'il te reste à faire…

— Oh ! que oui… Tu viens de m'ôter un immense poids du cœur. À présent, allons rejoindre Bernhardt et vos compagnes. J'ai hâte de faire plus ample connaissance avec Ilse.

Tandis que tous deux s'éloignaient à travers la foule des invités, Marc élaborait déjà les détails de son changement de programme…

12.

Tara replia le carton vide puis jeta un coup d'œil satisfait au salon. Son déménagement était désormais terminé.

Sa rencontre fortuite avec Marc avait renforcé sa décision de quitter Londres au plus tôt. Le cottage était habitable et, même si ses critères de confort étaient plus exigeants que ceux de ses grands-parents, rénover la cuisine et la salle de bains pouvait attendre !

Et j'ai bien fait, songea-t-elle en contemplant les livres bien alignés sur les étagères, les coussins moelleux aux couleurs vives disposés sur le canapé, son premier achat impulsif mais indispensable afin de personnaliser son nouveau logis. Avec le reste de ses affaires côtoyant les possessions chères à sa grand-mère, la pièce était extrêmement accueillante. Dès le lendemain, elle remplirait de bûches le panier placé à côté de la cheminée avec le bois remisé au fond du jardin afin de se préparer de douillettes soirées pour l'hiver qui allait bientôt arriver, mais, pour l'instant, elle méritait un moment de repos.

Après avoir rangé les cartons vides dans le garage, Tara choisit un livre puis s'installa dans le petit jardin à l'arrière du cottage. Assise dans l'un des fauteuils en osier disposés autour d'une table sous un saule pleureur, elle songea au temps passé au même endroit avec ses grands-parents. La vie était si douce avec ces gens aimants et simples…

Plutôt que de se laisser aller à la nostalgie, elle leur adressa ses remerciements pour lui avoir donné la possibilité de réaliser son rêve de toujours et profita du paysage qui s'étendait sous ses yeux.

Au-delà de la barrière délimitant la propriété, les champs s'étendaient à perte de vue. Dans le jardin, les feuilles des arbres avaient commencé à prendre de superbes teintes rougeoyantes. Un étourneau, perché sur la plate-forme d'une maison d'oiseaux suspendue à une branche, picorait les graines qu'elle y avait déposées le matin même, comme sa grand-mère le faisait chaque année dès l'automne. Quelques abeilles bourdonnaient sur les dernières fleurs de lavande. Les géraniums étaient encore en floraison, mais, déjà, dahlias, rudbeckias et asters offraient leurs couleurs vives dans les plates-bandes. Cette saison contenait la nostalgie de l'été et les promesses du charme hivernal.

Une période de transition pour la nature, comme pour ma vie…

Tara posa les mains sur son ventre qui commençait à peine à s'arrondir. Aussitôt, les souvenirs de son début d'été à la villa Derenz affluèrent à sa mémoire et revivre en pensée les doux moments de son idylle réveilla sa peine. Elle ne reverrait jamais Marc, son sourire et ses yeux brillant de désir, ne sentirait plus ses mains sur son corps, sa bouche sur la sienne…

Mais à quoi bon regretter cette parenthèse dans sa vie, car c'était bien de cela qu'il s'agissait, une parenthèse. Elle s'était engagée dans leur relation en pleine conscience, sans se douter un instant de son impact sur son existence, pensant qu'ils assouvissaient leur désir le temps des vacances… En réalité, leur entente s'était vite révélée plus profonde qu'une simple attirance physique, du moins en ce qui la concernait.

Elle était tombée amoureuse.

Et, tout comme sa peine d'avoir perdu tout espoir de revoir Marc, le souvenir qu'il lui avait bien involontairement laissé durerait toute sa vie. Un cadeau inestimable, bien plus précieux que toutes les richesses du monde. Le seul baume capable d'apaiser son cœur blessé.

Tara poussa un profond soupir. S'apitoyer sur le passé ne servait à rien, seul l'avenir comptait. Elle ouvrit son livre, lut les premières pages puis, incapable de se concentrer, le reposa sur la table et laissa à nouveau son regard errer sur le jardin. Aussitôt, un paysage verdoyant avec des bougainvillées en fleur se superposa sur celui automnal qui lui faisait face. Pour chasser cette vision, source de mélancolie, elle s'efforça de réfléchir aux travaux extérieurs à effectuer avant l'hiver. Rentrer les plantes en pot sans attendre les premières gelées, tailler certains arbustes, remiser le salon de jardin… Tandis que la liste s'établissait dans sa tête, ses yeux se fermaient.

Un vrombissement de moteur la tira du sommeil qui avait fini par avoir raison d'elle. Ce son était assez inhabituel car le cottage était situé à l'écart du village, presque au bout d'une petite route conduisant à des champs, et les seuls véhicules qui l'empruntaient étaient le tracteur du paysan qui les cultivait ou la camionnette du facteur, aucun des deux ne faisant un bruit similaire. Entendant une portière claquer, puis le tintement de la sonnette par la fenêtre ouverte de la cuisine, elle hésita à se lever. À part ses parents, personne n'avait son adresse, alors qui pouvait bien venir lui rendre visite ?

Un bruit de pas rapides lui parvint. Quelqu'un

marchait sur les dalles en ardoise de la petite allée contournant le cottage ! Soudain inquiète, elle se dressa d'un bond. À peine debout, elle sentit sa tête se mettre à tourner tandis qu'au même moment la grande silhouette familière de Marc s'engageait sur la pelouse.

Persuadée qu'il s'agissait d'un tour de son imagination, elle cligna des yeux, ce qui, loin de faire disparaître la vision, accentua son sentiment de vertige, la faisant tituber. Dans la seconde suivante, tandis qu'elle se rattrapait au dossier de son fauteuil, deux mains lui empoignèrent fermement les bras. Un flash de mémoire la traversa : Marc avait fait le même geste le jour de leur rencontre fatidique devant le restaurant à Londres.

Elle n'avait donc pas rêvé. Il était bien là.

— Que t'arrive-t-il ? Tu as eu un malaise ? demanda-t-il d'un ton soucieux.

Tara réfléchit à toute vitesse. Quelle que soit la raison de sa venue, il allait sans nul doute la lui donner puis repartir aussi vite qu'il était arrivé. Le plus important était qu'il ignore son état !

— Non, tout va bien, répondit-elle en se redressant afin de se libérer de sa poigne. Sous le coup de la surprise, j'ai fait un faux mouvement en me levant trop vite. Mais toi, que fais-tu ici et comment m'as-tu trouvée ?

Sa question sembla désarçonner Marc, ce qui rassura Tara. De toute évidence, il n'était pas au courant de sa grossesse. Son beau visage n'avait rien de sévère, mais il arborait une expression qu'elle ne lui avait jamais vue.

— Lorsque je suis allé à ton ancien appartement, tes colocataires m'ont informé de ton départ et donné le nom de la compagnie qui avait effectué ton déménagement.

— Pourquoi es-tu venu me voir ? insista-t-elle.

— Pour t'apporter ceci.

Le cœur battant à tout rompre, Tara serra fort le dossier du fauteuil. Ce n'était vraiment pas le moment de trahir les émotions qui faisaient rage en elle et encore moins celui de s'évanouir ! Se mordant la lèvre comme pour se forcer à s'endurcir, elle le regarda sortir de la poche de poitrine de son costume l'écrin qu'elle lui avait rendu à Londres, ce jour horrible où ses derniers espoirs s'étaient évanouis. Pourquoi venir lui rapporter ce collier ?

— Non, Marc, c'est très gentil, mais je ne peux pas l'accepter.

— C'est dommage car les émeraudes te vont mieux que les saphirs et les diamants.

— Je ne comprends pas…

— Je parle de la bague que t'a offerte Hans à Londres.

— Il me l'a montrée, pas offerte ! s'exclama Tara, éberluée, avant de demander, prise d'un soudain doute : tu n'as tout de même pas imaginé…

— Si, l'interrompit-il. On ne voit que ce que l'on veut voir, ou plutôt ce que l'on redoute de voir.

Le sourire triste qui accompagnait les paroles de Marc déstabilisa Tara. Incapable de croire au nouvel espoir qui lui réchauffait le cœur, elle ne put que répéter :

— Je ne comprends pas.

— Non, bien sûr. Je n'ai moi-même pas compris ce jour-là pourquoi le destin s'acharnait sur moi, ni comment j'avais pu être si bête une fois de plus.

— Que veux-tu dire ?

— Il y a très longtemps, à l'époque où je n'étais encore que le futur héritier de la Banque Derenz, une jeune femme dont j'étais très épris m'a abandonné pour un homme à la fortune déjà établie et en âge d'être son père. Elle ne m'a rien annoncé. Le hasard m'a fait la surprendre en train de dîner avec lui. Une bague de fiançailles ornait son doigt…

Marc se tut une seconde.

Devinant la peine qu'évoquait ce souvenir, Tara n'osa rien dire et attendit qu'il poursuive.

— En te voyant écarquiller les yeux face à ce bijou puis embrasser Hans, j'ai eu la soudaine certitude que ce vieux cauchemar se reproduisait. Celine s'était déjà jouée de lui, je le savais vulnérable…

— Toutes les femmes ne sont pas comme elle, Marc, l'interrompit Tara.

— Comment l'aurais-je su ? rétorqua-t-il d'un ton amer. Cette malheureuse expérience m'avait prouvé que j'étais vulnérable. Aussi, afin d'éviter ce genre de désagrément, je me suis endurci et j'ai limité mes relations à des femmes moins susceptibles d'être intéressées, des femmes issues du même milieu que moi. Cela a fonctionné jusque… Jusqu'au jour où je t'ai rencontrée. Pour toi, j'ai enfreint toutes les règles que je m'étais fixées. Mais le dernier soir, tu m'as demandé de m'accompagner à New York.

Tara sentit le sang se retirer de son visage. Cette requête malheureuse avait donc tout gâché et mis un terme à la relation qu'elle avait tant espéré voir durer…

— Si j'avais accepté, qu'aurais-tu voulu d'autre ? demanda-t-il d'une voix froide, désabusée. Tu aurais considéré tout ce que je t'aurais accordé ensuite comme ton dû. C'est pourquoi j'ai préféré tout arrêter entre nous. Je t'ai laissé ce collier pour que tu comprennes que cette liaison était terminée, que ce que tu aurais pu vouloir ne serait jamais.

— Je ne voulais rien, Marc !

Tara croisa les doigts dans son dos, car, après tout, « vouloir » était différent « d'espérer », et les serra un peu plus fort pour ajouter tout en levant le menton :

— Je n'ai jamais pensé qu'il y avait plus entre nous que ce que nous vivions.

— Mais moi, si. Je ne voulais pas voir notre histoire prendre fin, seulement j'ai eu peur. Si peur que j'ai failli détruire ma chance d'être heureux, d'où la raison de ma visite aujourd'hui et de ceci.

Il posa alors l'écrin contenant le collier sur la table de jardin et en sortit un autre, petit et carré, venant de chez le même joaillier, qu'il ouvrit, dévoilant une superbe émeraude sertie de diamants.

— Cette bague est pour toi, si tu la veux, ainsi qu'un autre présent qui aura peut-être plus de valeur à tes yeux.

Tara le regarda, si stupéfaite qu'elle en restait bouche bée.

— Il s'agit de mon cœur, Tara.

— Tais-toi ! s'exclama-t-elle. Ne prononce pas des mots que tu ne penses pas.

— Je les pense, ma chérie. Il m'a fallu bien du temps pour me rendre à l'évidence et, surtout, vaincre ma peur, mais c'est fait. J'ai étouffé ma peine pendant trop longtemps. Lorsque j'ai reçu ta lettre, je me suis précipité à Londres, heureux d'avoir enfin la preuve que tu n'attendais rien de matériel de ma part. Mon jugement trop hâtif m'a hélas poussé à me montrer odieux et à croire que tu m'avais aidé à me débarrasser de Celine seulement pour avoir le champ libre avec Hans. De retour à Paris, j'étais l'ombre de moi-même. J'avais perdu tout goût à la vie. Je me suis efforcé de chasser les sentiments que j'éprouvais malgré tout pour toi, mais en vain. Tu hantais toujours mes pensées. Dieu merci, Hans a mis un terme à mon calvaire en me présentant sa fiancée.

Tara n'arrivait toujours pas à en croire ses oreilles. Même si Marc éprouvait de profonds sentiments, il ne savait pas tout. Elle se demandait comment lui annoncer sa grossesse lorsqu'il poursuivit :

— Alors, Tara, en plus de cette bague, c'est mon cœur que je t'offre aujourd'hui. Je t'aime.

Lorsqu'il l'attira dans ses bras, elle se raidit. Le moment était venu de parler et, peut-être, de voir disparaître cette chance de bonheur. Craignant de perdre tout courage en attendant plus longtemps, elle se lança :

— Attends, Marc. Tu ne sais pas tout. Je suis enceinte.

Comme il se figeait, stupéfait, elle comprit qu'il avait mal interprété cet aveu et se hâta de préciser :

— J'attends ton enfant.

— Comment est-ce possible ? demanda-t-il, visiblement sous le choc de cette nouvelle.

— Lors de notre dernière nuit à la villa, je suis venue te chercher sur le balcon, et en rentrant, tu m'as fait l'amour sans mettre de préservatif.

— Mais…

— Cela a suffi, Marc. Le bonheur que j'avais éprouvé au cours des semaines que nous avons passées ensemble a été si intense que mon cycle en a été bouleversé.

— Pourquoi ne m'as-tu rien dit ?

— Tu étais parti et ne voulais visiblement pas de moi, alors je ne pouvais pas t'imposer une responsabilité dont tu avais certainement encore moins envie.

Marc serra Tara dans ses bras, le cœur battant à tout rompre. Elle portait son enfant. Jamais plus ils ne seraient séparés. S'il avait encore eu besoin d'une preuve, elle venait de la lui donner. Par amour pour lui, elle avait gardé ce bébé et l'aurait élevé seule, avec difficulté sans aucun doute s'il en jugeait par l'état de ce cottage. Et tout cela pour ne pas l'obliger à prendre une décision qu'elle imaginait insupportable pour lui.

— Comment as-tu pu croire une chose pareille ? Dès notre première rencontre, j'ai éprouvé une attirance inhabituelle pour toi. Pendant le séjour de Celine, j'ai lutté contre ce que je ne prenais encore que pour du pur désir. Dès que notre liaison a débuté, j'ai senti qu'il s'agissait de quelque chose de beaucoup plus profond, mais j'ai évité de me poser des questions. Le coup de fil de mon client m'a déstabilisé. Pour la première fois de ma vie, j'avais envie de faire passer notre relation avant mon travail. Tu ne peux pas savoir combien notre dernière journée ensemble a été difficile pour moi. Je ne voulais pas te quitter. J'ai profité de chaque instant avec toi, comme si j'étais condamné à ne jamais te revoir, mais j'avais si peur que, malgré mon envie, je ne suis pas parvenu à me résoudre à te demander de rester.

— Ne regrette rien, Marc. Je comprends maintenant certaines de tes attitudes d'alors, ton comportement à Londres et, surtout, que tu aurais toujours douté de moi sans cette séparation. J'ai souffert, essayé très fort de t'oublier, mais cela m'a été impossible. Tu avais déjà pris une place trop importante dans mon cœur et laissé, bien malgré toi, un souvenir si précieux qu'il illuminait mon avenir.

Il la sentit sangloter contre son torse. Elle était si fragile et avait pourtant été capable de sacrifier son futur bonheur pour le protéger. C'était son tour à présent de se montrer à la hauteur de cette femme extraordinaire.

— Tu viens de faire de moi le plus heureux des hommes, ma chérie. Ne pleure pas, je t'en prie. Je suis là, pour toujours à tes côtés. Je prendrai soin de toi, te protégerai. Je t'aime tellement…

Il caressa machinalement les cheveux de Tara en silence tandis que ses pensées vagabondaient entre de tendres réminiscences, la vision d'un futur en famille avec elle, et la joie de la sentir abandonnée contre lui. Les émotions se succédaient en lui, toutes plus douces les unes que les autres. Tara était à lui…

Non ! Elle n'avait encore rien accepté !

— J'ai une fois annoncé que nous étions fiancés sans prendre la peine de te consulter auparavant, déclara-t-il en lui prenant les mains. À présent, c'est une demande en bonne et due forme que je te fais : Tara Mackenzie, acceptes-tu de devenir ma femme ?

Avant qu'elle ait le temps de répondre, il ajouta :

— Mais où est passée la bague ?

Tous deux se tournèrent vers la table de jardin où seuls reposaient l'écrin du collier d'émeraudes et un autre ouvert mais vide à côté. Ils se penchèrent en même temps vers le sol où Tara fut la première à repérer la bague, scintillant dans l'herbe. Marc la ramassa aussitôt.

— Tara, tu ne m'as toujours pas répondu…

— Oui, bien sûr !

Marc lui passa la bague au doigt avant de lui déposer un tendre baiser à l'intérieur du poignet.

— Tu m'as un jour interdit de renouveler ce geste, dit-il alors en souriant, mais aujourd'hui, sa signification est tout autre. À l'époque, il n'exprimait que mon désir et mon intention de te voir trahir le tien, ce que tu as fait à ma plus grande joie. Tu as cependant voulu avoir le dernier mot et m'as rendu un billet.

— J'étais troublée et je n'ai trouvé que ce moyen de te quitter la tête haute ! s'exclama Tara en riant. À vrai dire, je m'en voulais aussi de m'être dévoilée à toi, bien involontairement, crois-moi !

— Donc je te plaisais déjà un peu ?

— Comment peux-tu en douter ? Je ne savais pas ce qui m'arrivait ! Jamais je n'avais été en proie à un désir aussi spontané et intense que ni ta mine taciturne ni tes manières distantes d'ours mal léché ne sont parvenues à éteindre par la suite.

Quoique enchanté de retrouver la Tara si pétillante de son souvenir après les moments chargés d'émotion qu'ils venaient de vivre, Marc marmonna pour la forme :

— J'espérais être plus qu'un simple objet de désir à tes yeux !

Voir Tara éclater de rire enchanta Marc qui l'embrassa avec toute la passion accumulée pendant leurs longues semaines de séparation.

— Tara, avec cette bague, je te promets de t'aimer, t'honorer et te chérir toute ma vie, déclara-t-il une fois qu'ils se furent séparés. Je te promets aussi de te désirer, de tout mon corps, mon âme et mon cœur. Maintenant, laisse-moi te prouver la réalité de cette dernière promesse !

Et sans attendre sa réponse, il la souleva dans ses bras et l'emporta à grands pas vers le cottage.

— C'est donc ici que tu voulais commencer la nouvelle existence dont tu m'as parlé ?

— Oui, cette propriété appartenait à mes grands-parents. J'en ai hérité à leur mort. Cette maison a toujours été mon sanctuaire…

— J'espère qu'il sera le nôtre si tu me permets de le partager avec toi. En fait, ce serait l'endroit idéal pour passer notre lune de miel…

Marc lui décocha un sourire malicieux avant d'ajouter :

— Nous allons d'ailleurs la commencer sur-le-champ !

— Voilà une excellente idée.

En proie à un incommensurable bonheur, Marc grimpa quatre à quatre l'escalier conduisant aux chambres et déposa Tara sur le grand lit.

Épilogue

Entendant un léger gazouillis à travers le moniteur de bébé posé sur son bureau, Marc délaissa aussitôt ses dossiers pour se précipiter dans la nurserie avant que toute la maisonnée réagisse.

Même s'il écoutait respectueusement les conseils que lui prodiguaient ses beaux-parents, il refusait d'imposer une discipline militaire à son enfant. Il avait d'ailleurs beaucoup de plaisir à s'occuper de ce petit bout si beau et si calme, aussi saisissait-il la moindre occasion de passer du temps avec lui. Le retour à Paris le priverait bien assez tôt de ces moments privilégiés.

Comme il redescendait avec son fils dans les bras, il aperçut Tara assoupie sur un lit de plage, à l'ombre d'un parasol au bord de la piscine. Il s'arrêta un instant pour la contempler. Elle était au même endroit lorsqu'il l'avait vue pour la première fois dans la villa. Au souvenir de la manière dont il l'avait agressée dans l'espoir de faire taire son désir pour elle, il sourit. Qui aurait pu prévoir ce jour-là qu'ils allaient fonder une famille ensemble…

— Allons voir ta maman, jeune Derenz, murmura-t-il avant de traverser la pelouse. Ma belle endormie est-elle prête à assumer son devoir de mère ?

Tara sursauta et lui offrit son magnifique sourire si doux et empli d'amour.

— Bien sûr, donne-moi ce petit ange.

Elle s'assit aussitôt, et prit l'enfant contre sa poitrine pour l'allaiter. Marc déposa un baiser sur le front de sa femme avant de s'installer face à eux afin d'admirer ce vivant tableau de maternité. Leur fils avait hérité des yeux clairs de sa mère, mais il avait déjà des cheveux aussi noirs que les siens. Son cœur, une fois de plus, se gonfla de fierté.

Du coin de l'œil il aperçut les deux silhouettes au maintien très militaire de ses beaux-parents sortir de la villa et venir vers eux.

— Le soldat Derenz semble avoir bon appétit, déclara le commandant Mackenzie en les rejoignant avec sa femme.

— Papa, nous ne sommes pas à l'armée ! le réprimanda gaiement Tara.

Ses parents avaient accueilli l'arrivée de leur petit-fils avec une joie qui l'avait étonnée tant ils étaient d'ordinaire peu enclins à manifester ouvertement leur émotion. Sa mère, avec la rigueur due à son métier, avait organisé le mariage dans l'église du village où avait eu lieu le sien ainsi que le baptême de Tara. Son père, loin de se contenter du rôle d'observateur, avait invité ses camarades de régiment qui, tous en uniforme, avaient fait une haie d'honneur au jeune couple à la fin de la cérémonie.

Mme Mackenzie, pourtant habituée à ne jamais se départir de son sang-froid, avait même laissé échapper une larme et déclaré avec émotion « Cet homme ne te quitte pas des yeux. Il a beaucoup de chance de t'avoir trouvée ! » avant de serrer sa fille dans ses bras.

L'arrivée de leur petit-fils avait incité les deux commandants à retourner à la vie civile. Ils étaient en train d'acheter une propriété sur la côte du Dorset afin de surveiller le cottage en leur absence et d'aider Tara lorsque le couple y séjournerait. Savoir ses parents proches d'elle et surtout à l'abri des aléas inhérents à la vie militaire était un réel soulagement pour Tara.

Elle était aussi heureuse que son fils bénéficie de leur présence en grandissant car, Marc étant fils unique tout comme ses parents avant lui et elle-même, les Mackenzie constituaient sa seule famille. Il y avait bien sûr les Neuberger. Hans avait accepté avec joie d'être le parrain du petit Marc Junior et devait arriver quelques jours plus tard avec Ilse, Bernhardt et Karin qui attendait son premier enfant. La villa du Cap Pierre retrouverait son effervescence d'antan et les bambins forgeraient certainement une amitié aussi solide que celle de leurs parents.

Tara jeta un coup d'œil à son mari en grande discussion avec son père avant de se séparer un instant de son fils pour rajuster sa tunique.

Croisant le regard de sa femme, Marc éprouva une soudaine bouffée d'amour.

Comment était-il possible d'aimer une femme à ce point ?

Ça l'était pourtant, et il se jura de toujours l'adorer et la protéger.

À cet instant, un raclement de gorge le tira de sa douce rêverie.

— Dites-moi, mon vieux, nous aimerions sortir le bateau et tirer quelques bords au large. Le vent qui vient de se lever sera parfait pour essayer le spinnaker.

— Excellente idée, commandant !

— Nous ne vous invitons pas à vous joindre à nous car vous avez sûrement envie d'un peu d'intimité, déclara alors Mme Mackenzie avant de se tourner vers Tara. Quant à toi, jeune fille, n'oublie pas de te reposer.

— Maman, je ne suis pas un de tes subordonnés !

— Peut-être, mais une fille doit obéissance à sa mère !

Tandis que les deux commandants s'éloignaient, Marc se tourna vers Tara en souriant.

— Notre petit ange semble sur le point de s'endormir. Si nous montions le coucher et en faire autant ? Tu as entendu ce qu'a dit ta mère…

— Parce que maintenant tu te ranges à son avis ?

— Pas exactement, en fait, je pensais que le moment était venu d'envisager l'ajout d'une demoiselle Derenz à notre famille…

— Quelle merveilleuse idée ! s'exclama Tara. Une grande famille heureuse ! Je ne vois rien de plus beau.

Marc ne pouvait qu'être d'accord…

Retrouvez en mars 2020,
dans votre collection

Azur

La reine de Samarqara, de Jennie Lucas - N°4191

LES PRINCES DU DÉSERT

Une intruse, voilà à quoi ressemble Beth. Que fait-elle dans cette soirée royale, à l'issue de laquelle le roi Omar désignera son épouse ? Jamais elle n'aurait dû se trouver parmi les prétendantes au trône de Samarqara, toutes plus belles les unes que les autres. Seulement, elle a promis à sa jumelle de la remplacer durant ces quelques heures hors du temps. Bientôt, alors que les festivités s'achèvent et qu'elle croit son calvaire terminé, c'est la stupéfaction, pour Beth. Car c'est *elle* que le somptueux cheikh vient de choisir…

Une innocente à conquérir, de Kim Lawrence - N°4192

Zach Gavros n'a qu'un but : retrouver Katina, l'héritière de son mentor, puis l'introduire parmi la haute société grecque dont la jeune femme a jusqu'ici été tenue à l'écart. L'initier au luxe tout en écartant ceux qui voudront profiter d'elle, voilà l'idée ! Bien que simple, cette mission se complique pourtant dès leur première rencontre. Malgré lui, Zach éprouve en effet un désir irrépressible pour Katina. Au point qu'il doit bientôt la protéger de lui-même…

Nuit de passion à New York, de Carol Marinelli- N°4193

Khalid, prince d'Al-Zahan, ne perd jamais le contrôle. Jamais. Il maîtrise ses émotions et ne laisse personne entrevoir qui il est, sous le vernis royal. Pourtant, lorsqu'il croise le regard d'Aubrey, à New York, il sent soudain son armure se fissurer. Est-ce la fragilité de la jeune femme, son innocence qui a raison de ses dernières résistances ? Incapable de réprimer ses pulsions, il cède à cette attirance inouïe et passe une nuit avec Aubrey. Tout en sachant qu'au petit matin il devra lui dire adieu pour accomplir son devoir…

De tulle et de haine, d'Abby Green - N°4194

Deux ans plus tôt, Lara a été contrainte de quitter Ciro Sant'Angelo, son fiancé – l'homme qu'elle aimait éperdument. Or aujourd'hui il est de retour dans sa vie, et la haine qu'il lui voue n'a d'égal que le désir qui brûle encore entre eux. Comme elle voudrait pouvoir lui révéler ses sentiments, toujours vifs, et apaiser les cicatrices qui marquent désormais cet homme, en raison du drame qu'ils ont partagé ! Hélas, Ciro se montre si dur avec elle que Lara préfère se taire. Jusqu'à ce qu'il lui réclame son dû – un mariage !

Le secret de Belle, de Lynne Graham - N°4195

Une serveuse et un milliardaire. Au départ, entre Belle et Dante, il ne devait s'agir que d'un simple arrangement. Elle jouait le rôle de sa fiancée, contre une jolie somme d'argent qui la tirait d'embarras. Mais la passion peut frapper partout et tout le monde. Et une nuit à Paris changer le cours d'une destinée… C'est ce que comprend Belle, en même temps qu'elle se découvre enceinte d'un homme avec lequel elle n'a rien en commun !

Scandaleuse liaison au casino, de Julia James - N°4196

Dans le casino de Las Vegas où elle participe à un colloque, tous ignorent son identité. Ici, elle n'est plus Donna Francesca di Ristori, héritière de deux nobles maisons, mais simplement Fran. Et elle compte bien profiter de ce délicieux anonymat. Grisée par cette liberté soudaine, Fran est tentée de répondre aux avances de Nic, l'homme sublime qui vient de l'accoster. Et bientôt elle s'abandonne entre ses bras, le temps d'une parenthèse enchantée. Une parenthèse qui, hélas, est interrompue quand son devoir la sépare de son inoubliable amant…

L'apollon d'une île grecque, de Susan Stephens - N°4197

Alors qu'elle aurait dû passer sa lune de miel sur une île paradisiaque avec son nouvel époux, Kimmie brûle sa robe de mariée sur la plage. Pas question pour elle de se morfondre sur son fiancé volage et ses noces avortées. Au contraire, elle compte bien profiter de son séjour en s'offrant, pourquoi pas, une aventure avec Kristof Kaimos, le propriétaire des lieux. S'il se montre trop arrogant à son goût, il possède une séduction envoûtante. Une séduction à laquelle Kimmie n'a aucune envie de résister… quel que soit le prix à payer !

L'héritière et le prince play-boy, de Caitlin Crews - N°4198

SÉRIE : *SCANDALEUSE NOBLESSE* - 3/3

Une nuit de délices dans les bras d'un inconnu. Durant quelques heures magiques, Pia s'est sentie vivante et libre. Juste une femme et non l'héritière de la puissante famille Combe… Mais, en se découvrant enceinte d'Arès, prince d'Atilia, elle sent le poids des responsabilités l'écraser de plus belle. Bientôt, Pia sera la mère des jumeaux de deux lignées exceptionnelles… et l'épouse d'un roi !

Un amant pour ennemi, de Michelle Smart - N°4199

SÉRIE : *PASSION ET PRIVILÈGES* - 1/2

Beth vit un rêve : arrivée à Vienne pour y organiser un prestigieux bal masqué, elle tombe immédiatement sous le charme de Valente Cortada, un apollon chargé de la guider dans le palais qui la reçoit. Durant quelques jours, elle espère oublier ses soucis et la menace que représente Alessio Palvetti sur son existence. Cet homme d'affaires cruel ne lui a pas caché sa volonté de lui arracher Dom, le bébé qu'elle a recueilli et dont il est l'oncle. Hélas, après qu'elle a succombé à Valente, Beth découvre qu'Alessio et lui ne font qu'un…

L'enfant de Rico Montero, de Dani Collins - N°4200

Poppy aime sa petite Lily plus que tout au monde. Aussi est-elle effrayée le jour où débarque chez elle le père de l'enfant. Si elle a caché à Rico Montero sa paternité, c'est parce que tous deux n'avaient aucun avenir ensemble. Pourquoi un aristocrate espagnol se serait-il intéressé à une femme comme elle, au-delà de leur unique étreinte passionnée ? Hélas, bien qu'il ne puisse jamais être question d'amour entre eux, Rico est là pour reconnaître son héritière et faire de Poppy sa légitime épouse…

Un séducteur pour patron, de Anna Cleary - N°4201

À peine engagée, Mirandi découvre avec stupeur que son nouveau patron n'est autre que Joe Sinclair. Joe qu'elle n'a pas revu depuis des années, depuis qu'il l'a quittée brutalement après quelques mois d'une liaison passionnée. Et, si le jeune homme rebelle d'autrefois est devenu un homme d'affaires richissime, son regard est resté aussi sensuel qu'impérieux. Dire que, dans le cadre de son nouveau travail, elle va devoir l'accompagner à une conférence sur la Riviera française ! Une perspective qui la plonge dans l'angoisse : ne devra-t-elle pas passer toutes ses journées en compagnie de Joe ? Sans parler des nuits interminables où elle devinera sa présence, tout près, dans la suite voisine de la sienne…

OFFRE DÉCOUVERTE !

Vous souhaitez découvrir nos collections ? Recevez **votre 1er colis gratuit* avec 2 cadeaux surprises !** Une fois votre colis de bienvenue reçu, si vous souhaitez continuer à recevoir nos livres, cela se fera automatiquement. Vous recevrez alors vos livres inédits** en avant-première.

Vous n'avez aucune obligation d'achat et cette offre est sans engagement de durée !

*1 livre offert + 2 cadeaux / 2 livres offerts pour la collection Azur + 2 cadeaux.
**Les livres Ispahan, Sagas, Allegria et Best-Sellers Féminins sont des réédités.

☛ COCHEZ la collection choisie et renvoyez cette page au
Service Lectrices Harlequin – CS 20008 – 59718 Lille Cedex 9 – France

Collections	Références	Prix colis*
❑ **AZUR**	Z0ZFA6	6 livres par mois 28,79€
❑ **BLANCHE**	B0ZFA3	3 livres par mois 23,65€
❑ **LES HISTORIQUES**	H0ZFA2	2 livres par mois 16,59€
❑ **ISPAHAN**	Y0ZFA3	3 livres tous les 2 mois 23,35€
❑ **PASSIONS**	R0ZFA3	3 livres par mois 25,09€
❑ **SAGAS**	N0ZFA3	3 livres tous les 2 mois 27,66€
❑ **BLACK ROSE**	I0ZFA3	3 livres par mois 25,09€
❑ **VICTORIA**	V0ZFA3	3 livres tous les 2 mois 25,69€
❑ **ALLEGRIA**	A0ZFA4	4 livres tous les 2 mois 30,15€
❑ **BEST-SELLERS FÉMININS**	E0ZFA2	2 livres par mois 18,75€
❑ **MAGNETIC**	K0ZFA3	3 livres tous les 2 mois 23,07€

N° d'abonnée Harlequin (si vous en avez un) ⊔⊔⊔⊔⊔⊔⊔⊔⊔

Mme ❑ Mlle ❑ Nom : ______________________

Prénom : ______________________ Adresse : ______________________

____

Code Postal : ⊔⊔⊔⊔⊔ Ville : ______________________

Pays : ______________________ Tél. : ⊔⊔⊔⊔⊔⊔⊔⊔⊔⊔

E-mail : ____

Date de naissance : ____

❑ Oui, je souhaite recevoir par e-mail les offres promotionnelles des éditions Harlequin.
❑ Oui, je souhaite recevoir par e-mail les offres promotionnelles des partenaires des éditions Harlequin.

Date limite : 31 décembre 2020. Vous recevrez votre colis environ 20 jours après réception de ce bon. Offre soumise à acceptation et réservée aux personnes majeures, résidant en France métropolitaine, dans la limite des stocks disponibles. Prix susceptibles de modification en cours d'année. Vous pouvez demander à accéder à vos données personnelles, à les rectifier ou à les effacer. Il vous suffit de nous écrire en nous indiquant vos nom, prénom et adresse à : Service Lectrices Harlequin CS 20008 59718 LILLE Cedex 9. Service Lectrices disponible du lundi au vendredi de 8h à 18h : 01 45 82 47 47.

Harlequin® est une marque déposée du groupe HarperCollins France – 83/85, Bd Vincent Auriol – 75646 Paris cedex 13. SA au capital de 3 120 000€ – R.C. Paris. Siret 31867159100069/APE5811Z.

Composé et édité par HarperCollins France.

Achevé d'imprimer en janvier 2020

BLACK PRINT

Barcelone

Dépôt légal : février 2020.

MIXTE
Papier issu de sources responsables
FSC® C108412

Pour limiter l'empreinte environnementale de ses livres, HarperCollins France s'engage à n'utiliser que du papier fabriqué à partir de bois provenant de forêts gérées durablement et de manière responsable.

Imprimé en Espagne.